소비단식 일기

소비를 끊었다.
삶이 가벼워졌다.

소비단식 일기

서박하 지음

어느 날, 문자가 왔다.

(오늘) 오후 1:02

[Web발신]
○○○님의 한도가 90퍼센트 이상 사용되었습니다.
고객님의 상향 가능 한도 및 신청 방법을 안내드립니다.
- 현재이용한도 : 500만 원
- 상향가능한도 : 660만 원까지 상향 가능

한도가 초과되면 카드 사용이 불가하오니 한도 상향을 원하실 경우 아래 채널에서 신청하시면 바로 상향 가능합니다.
항상 △△ 카드를 이용해주셔서 감사드립니다.

■ 한도상향 신청 방법
https://spend.diet.plan.com/???

심장이 쿵 내려앉았다.

의아했다.

다 필요해서 산 건데.

내가 뭘 얼마나 산 거지?

“미쳤어.”

+ 0

프롤로그

카드값이 500만 원이라니

"고객님은 신용카드 한도의 90퍼센트 이상을 사용하였습니다. 고객님의 상향 가능 한도 및 신청 방법…."

문자가 왔다. 방금 6개월 할부로 그릇 세트를 샀는데, 아니 그게 얼마나 한다고 벌써 한도의 90퍼센트를 초과해? 한도는 500만 원. 90퍼센트라 함은, 내가 450만 원을 긁었다는 뜻이다.

"미쳤어."

이용내역을 확인하려다 그냥 카드 앱을 지워버리고 말았다. 몇 달 전에도 그랬다. 예금을 해지해서 신용카드값을 치른 뒤 절대로 쓰지 않겠다고 다짐했는데 이렇게 다시 제자리로 돌아왔다.

책장에 꽂혀 있는 재테크 책만 해도 열 권이 넘는다.
늘 마이너스 인생이었다. 이미 이런저런 시도들을 다 해보았다. 예산도 세워봤고 신용카드는 몇 번이나 잘랐는지 모르겠다. 실물 카드가 없어도 모바일로 다 살 수 있는 세상이라 카드를 잘라도 별 소용이 없었다.
우리 가족은 남편의 직장 발령으로 케냐 나이로비에 살지만, 나는 잠시 아이와 함께 서울에 들어와 있었다. 여러 밀린 일들을 해치운 뒤 정신을 차리고 보니 어디에 썼는지 기억도 안 나는 카드값이 내 손에 들려 있었다. 딱히 사치하는 것 같지는 않은데, 늘 월급 전이면 돈이 없었다.

아, 모르겠다. 누워서 모바일 북클럽에 접속했다. 워낙 책을 많이 사서 돈을 아껴볼까 하고 무제한으로 책을 읽을 수 있는 서비스에 가입했다. 물론 그 후로도 계속 종이책을 사고 있지만. 죄책감을 좀 덜어보려고 재테크 분야를 클릭했다.
한 책이 눈에 들어왔다. 『나는 빚을 다 갚았다』 지은이는 애나 뉴얼 존스. 아, 이 얼마나 강렬한 제목인가. 사실 재테크 책들은 대부분 하는 이야기가 비슷해서 읽지 않아도 내용을 다 알 거 같은 기분이 들고는 했다. 결국 아끼라는 거 아니야? 통장 쪼개기(통장을 여러 개로 나눠서 돈을 관리하는 것)하고, 적금 풍차 돌리기(매월 적금 개수를 하나씩 늘려가는 것)도 하고. 그래도 마음을 다잡자는 생각으로 책을 열었다. 이 작가는 빚이 얼마나 있는데 다 갚은 거야? 또 100억 빚이 있는데 사업해서 다 갚고 부자가 된 이야기면 보지 않으려 했다.
작가는 약 2,500만 원 정도 빚을 지고 있었고, 카드 리볼빙(대금 중 일부를 갚고 나머지는 이월하는 것으로, 남은 대금의 이자를 내야한다) 서비스를 이용했던 모양이다. 픽, 쓴웃음이 나왔다. 나도 몇 년 전 집안 경제를 뒤흔든 뒤, 한동안 리볼빙으로 빚을 갚아야 했으니까.

작가는 잘못된 소비습관으로 인해 일을 해도 빚을 갚지 못했으나, 1년간 '소비단식'이라는 자신만의 방법을 통해 빚을 청산하고 새로운 직업까지 가지게 되었다고 했다. 몸을 고쳐 앉았다. 일단 책을 계속 읽었다. 소비단식이 뭐지? 그래서 어떻게 하라는 거지?

'소비단식spending fast'이란,
말 그대로 '소비를 중단하는 것'이다.

핵심은 아주 간단하다. 1년 정도 기간을 정해서 꼭 필요한 것, 예를 들면 생명 유지에 필요한 음식과 옷, 난방비 등 외에는 일절 돈을 쓰지 않는 것이다. 아, 나에게는 소비단식이 필요했구나. 그 외에도 원칙들이 더 있지만 나는 중요한 것 몇 가지를 제외하고는 내게 맞게 다시 세운 뒤 그것을 지켜나가며 도전하기로 했다. 전에도 많은 재테크 책을 보고 하라는 대로 했는데 나와 맞지 않아서 중도 포기하는 경우가 많았다. 하지만 소비단식은 이미 나처럼 기존 방법들에 실패한 작가가 시도한 방식이라 그런지 지켜야 할 게 많지 않고 단순하다.

남편의 월급날은 매월 20일. 나는 프리랜서라 수입이 들어오는 날짜가 일정하지 않으니, 내 수입은 모두 비상금 통장에 모으고 남편의 월급으로 한 달씩 살아내보기로 했다. 앞으로 1년 동안 필수품을 제외하면, 나를 위한 돈은 쓰지 않는다.

2020년 2월 20일. 소비단식은 이렇게 갑자기 시작되었다. 마음의 준비도 없이. (준비 기간이 있었다면 아마 뭔가를 더 샀을 거다. 원래 갑자기 시작해야 뭐가 되도 되는 법이다.)

+ Part - 1

소비단식을 시작하다

+ Part - 2

나를 발견하다

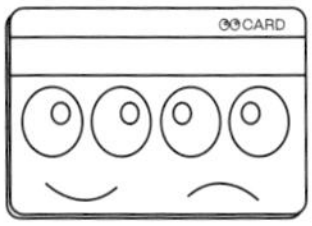

+ Part - 3

소비사회를 벗어나다

100
100
500
100
500
100

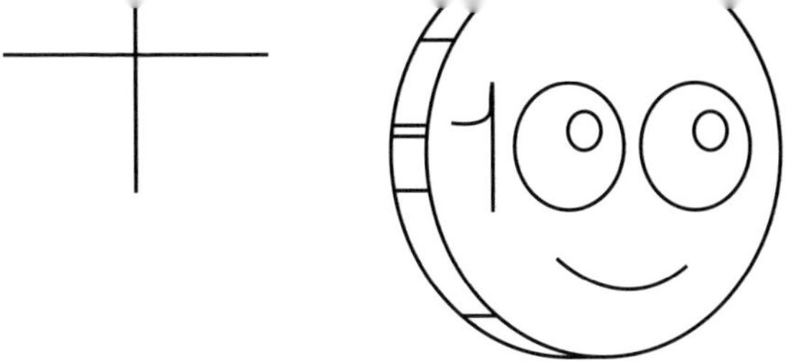

Part - 1
소비단식을 시작하다

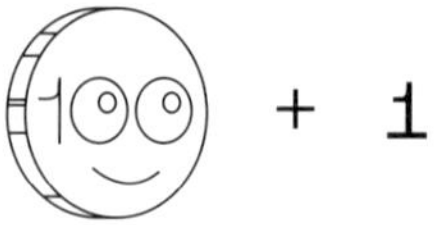

결심과 원칙 세우기

소비사회를 거슬러 오르는 한 마리 연어처럼

미니멀 라이프를 살고 싶었다. 하지만 그렇게 살지 못했다. 나의 과소비 역사는 길고도 길다. 가족에게 피해도 많이 끼쳤다. 지출을 줄여보려고 늘 다짐했다.

스타벅스에서는 한 달에 10만 원만 쓰자.

이번 달은 봄옷 딱 하나만 사는 거야.

먹는 건 좋은 걸로 조금씩만 사자.

하지만 매달 스타벅스 충전액은 30만 원을 넘고 스파SPA 매장에서 눈이 뒤집혀 사들인 옷은 태그도 떼지 않은 채 옷장에 처박혀 있다. 방탄 커피 마신다며 아이허브에서 주문한 코코넛 오일은 줄어들 기미가 보이지 않는다. 이번 달 카드값만 생각하면 기분이 아득해진다. 월급은 이미 사라진 지 오래. 어떻게 해야 할까?

그래. 그냥 아무것도 사지 말아보자.

적당히 한계를 두는 방식은 나에게 맞지 않았다. 정한 액수를 넘지 않기 위해 애를 쓰다가 결국은 고삐가 풀리고야 말았다. 그냥 나를 위해서는 앞으로 1년간 아무것도 사지 않기로 하자. 조금 극단적이긴 하지만 금전 감각이 떨어지고 재테크와 거리가 먼 내게 어쩌면 가장 효과적인 방법일 수 있겠다 싶었다.

2020년 2월 20일 시작,

2021년 2월 19일 종료.

1년간의 無소비 생활에 도전한다.

1년간 아무것도 사지 않기로 했지만 그래도 정말 아무것도 사지 않고 살 수는 없기 때문에 몇 가지 원칙을 정했다.

하나. 나 자신만을 위한 소비는 하지 않는다

남편과 딸까지 소비단식에 강제로 참여시킬 수는 없다. 가족에게 필요한 것은 산다. 나만을 위한 것은 사지 않는다. 다만 예전처럼 정신줄 놓고 막무가내로 사지 않고, 정말 필요한지 최소한 번은 더 고민해보고 구매한다.

둘. 생필품은 산다

단, 정말 다 쓰고 하나도 남지 않았을 때 딱 하나만 산다. 예를 들어 내가 쓰던 선크림이 떨어졌다면 남편 것이나 다른 남아 있는 것을 사용한다. 그렇게 다 쓰고 집 안에 선크림이 하나도 없다면 산다. (지금은 화장용, 운동용, 마트용 등 선크림이 여러 개다.)

셋. 누군가를 만날 때는 쓴다

친구를 만나서 점심을 먹거나 차를 마실 때는 당연히 쓴다. 내가 소비단식을 한다고 친구가 돈을 쓰게 해서는 안 된다. 좋은 음식, 맛있는 커피를 마시며 소중한 시간을 보내자. 선물이나 부조금 등에도 당연히 아끼지 않는다.

넷. 절대 포기하지 않는다

혹시라도 내가 세운 원칙에 어긋난 소비를 했다면 반성하고 곧바로 다시 소비단식에 돌입한다. 한 번 실패했다고 포기하지 않도록 한다.

일단 기본 원칙을 이렇게 정하고 소비단식을 시작했다. 소비사회를 거스르는 한 마리 연어가 되어 좋은 결실을 맺겠다고 다짐하며.

소비단식을 시작했다. 나는 나를 안다.
내게 맞는 소비단식 기본 원칙을 세웠다.

+ 2

나의 상황 직시

나는 빚이 1,600만 원 있다

소비단식 2주차. 몇 가지 미션을 정했다. 통장 정리, 대출금 확인, 각종 요금제 정리, 그리고 '무지출데이' 보내기. 좀 부끄럽지만 일주일치 일기를 공개한다.

1일차

어젯밤, 온라인 강의 사이트에서 89,000원짜리 강의를 결제하고 말았다. 부업을 해보려고 들은 건데 좀 더 자세히 살펴보고 결제할 걸 그랬다. 아깝다. 이 돈이면 책 열 권은 샀겠다 싶다. 밤에, 특히 12시 넘어서는 절대로 뭘 사지 말자고 결심했다.
정신을 차리고 돈이 어디서 얼마나 나가는지 확인했다. 아주 힘겨운 과정을 거쳐(남들은 별로 안 힘들 것 같지만) 모든 돈(공과금, 세금, 카드값, 통신비, 기부금 등)이 하나의 통장에서 나가도록 바꾸었다. 그런 뒤 지출 액수를 확인해 그만큼의 돈을 통장에 넣어두었다. 앞으로는 뭔가가 미납되었다는 문자를 받고 싶지 않다.

2일차

아이가 다니는 어린이집을 방문했다. 1년간 돌봐주신 선생님에서 새로운 선생님으로 바뀌었다. 가는 길에 별생각 없이 투썸에서 케이크와 콜드브루 커피를 샀다. 6만 원이 넘는 돈이다. 선생님을 뵙고 준비한 간식을 드린 후에 돌아오는데 아차 싶었다. 또 생각 없이 돈을 썼구나. '이렇게 고민 없이 쓰는 돈을 줄여야 하는데'라고 처음으로 생각했다.

3일차

포토샵 프로그램을 전액 환불받았다. 조금 사용하긴 했는데 이 정도는 사용하지 않은 걸로 쳐주나 보다. 그림을 그려보려고 구매한 건데 나에게는 너무 어렵다. 사용법을 배우려고 산 책도 팔아야겠다. 대신 무료 앱을 찾았다. 직관적이고 쉽다. 내가 원하는 기능도 거의 다 있다. 연습하면 그리고 싶은 것 정도는 불편함 없이 그릴 수 있을 것 같다. 찾아보면 길이 있다.

4일차

내가 소비단식 지침서로 삼은 『나는 빚을 다 갚았다』의 작가 애나 뉴얼 존스는 소비단식을 본격적으로 시작하기에 앞서 자신의 상태를 점검하라고 조언한다. 가장 먼저, 내가 갚아야 할 돈이 얼마나 있는지 살펴봤다. 하나하나 확인하며 적는 내내 손이 부들부들 떨렸다. 이 글을 읽으시는 분들이 '나는 이 사람보다는 낫네'라고 생각하면 좋겠다.

신용카드 대금: 500만 원

●●뱅크 비상금 대출: 300만 원

○○은행 마이너스 통장: 100만 원

△△보험 대출: 100만 원

학자금 대출: 200만 원

□□은행 대출: 100만 원

▲▲카드 대출: 300만 원

총 1,600만 원

대략 1,600만 원 정도이다. 휴대폰 화면에 크게 '1,600만 원 빚이 있음'이라고 썼다. 쇼핑앱을 열 때마다 좀 보라고 말이다.

5일차

휴대폰 요금제를 저렴한 것으로 변경했다. 집 와이파이가 잘 되고 밖에 나가면 카페마다 와이파이가 구비되어 있으니 굳이 비싼 요금제가 필요하지 않다. 쓰던 요금제의 반값 정도 되는 것으로 바꿨는데, 단순히 요금만 줄어드는 게 아니라 버스나 지하철에서 휴대폰을 덜 하게 된다는 장점도 있었다. 책을 읽거나 미리 다운로드 해놓은 음악을 듣게 되는 것이다. 무의미한 인터넷 서핑을 하지 않아 좋다. 물론 집에서 자기 전에는 하지만, 이동 중에 책을 더 읽게 되어 다행이다.

6일차

아이를 위해 마들렌을 구웠다. 코로나 때문에 나가지 못하고 계속 집에 있다 보니 아이도 나도 피곤하다. 그래도 같이 뭔가를 할 때는 시간이 빨리 간다. 마들렌 및 각종 빵을 먹느라 베이커리에 쏟은 돈이 수십만 원쯤은 될 텐데 이제는 못 사게 되었으니 이렇게 가끔이라도 만들어 먹어야겠다. (잠시나마 '소비단식하기 전에 빵집에 좀 다녀올걸' 하고 생각한 나를 조금은 불쌍히 여겨주기로 했다.)

7일차

무지출 성공! 물론 태어나서 처음은 아니겠지만 그래도 소비단식 시작 후 처음으로 '무지출데이(1원도 지출하지 않은 날)'를 보내는 데 성공했다. 박사학위 졸업장을 받았을 때만큼이나 기쁘다! 물론 요즘에 집에만 있으니 가능한 것도 같지만 온라인 쇼핑몰 우수고객인 내게 택배가 오지 않는 날이 생긴다는 건 서울의 비둘기가 모두 하얀색으로 변한 것과 같은 일이다. 다음 달에는 무지출데이를 열 번 정도로 늘려보는 건 어떨까 생각했다. 다이어리에 스티커를 하나 붙였다. '참 잘했어요.'

격동의 2주 차를 보내며 무지출데이를 기록할 수 있어서 기쁘다. 다음주에는 나의 카드값과 대면하려 한다. 이 모든 일의 시작을.

이번 주 미션을 정하고 성공했다.
나의 상황을 직시하는 데는 몹시 용기가 필요했다.

발견 노트

 # 가진 빚 확인

이렇게 대출이 많은지 사실 몰랐다. 보험사에서는 5년 전쯤 받았고, 학자금 대출은 심지어 그보다 더 전에, 대학원을 다닐 때 받은 것이다. 직장 생활을 하는 동안 갚을 수 있었는데도 그냥 두었다. 그때 번 돈은 다 어디로 갔을까?

사실 최악은 비상금 마련을 위한 대출, 카드값을 내기 위한 대출이다. 은행에 정기예금이 있는데 그걸 깨고 싶지 않아서 대출을 받은 것이다. (나의 생각 회로가 이해 안 되는 분들이 많을 것 같다. 그래도 욕은 하지 말아 주세요.) 휴대폰 메인 화면에 '1,600만 원 빚이 있음'이라고 써뒀는데, '대출'이라고 하면 왠지 투자하기 위해 돈을 빌린 느낌이 있어 직관적으로 '빚'이라고 썼다.

그런데 이렇게 써둔 것이 의외로 효과가 있었다. 지난밤에는 이어폰 케이스를 결제하려고 한참을 고르다가 화면에 뜬 문구를 보고 취소했다. 지금 이어폰 케이스가 도대체 왜 필요하단 말인가!

 # 통장 정리

많은 재테크 전문가들이 권하는 대로 카드, 보험, 공과금 등이 한 통장에서 나가도록 정리했다. 지출액을 한눈에 파악하기 위함이다. 왜 이것들이 이렇게나 여러 통장에서 나가고 있었을까?

#각종 요금제, 구독 서비스 정리

잘 쓰지 않는데 쓸데없이 유지 중인 서비스는 없는지 살펴봤다. 유튜브 프리미엄과 넷플릭스를 둘 다 구독해야 하는지, 멜론을 계속 쓸 것인지 고민했다. 낮은 등급의 요금제를 찾아봤는데 가격이나 서비스 면에서 큰 차이가 없었으나, 우리집은 TV도 없고 남편이 잘 사용하고 있어서 일단 그대로 두기로 결정했다. 대신 휴대폰 요금만 저렴한 것으로 갈아탔다. 나중에 약정이 끝나면 알뜰요금제로 넘어가기로 했다.

無지출day 도전

한자와 영어가 섞여 다소 근본 없어 보이는 합성어지만, 생각보다 실천하기가 어렵다. '무지출데이'란, 말 그대로 지출이 하나도 없는 날을 뜻한다. 소비를 줄이고 재테크를 하는 사람들이 많이 시도하는 방법 중 하나로, 재테크 카페에 들어가면 무지출데이를 실천하는 알뜰한 사람들이 가득하다. 하루 동안 아무 지출도 하지 않는 것은 생각보다 힘들다. 특히 나 같은 소비의 노예에게는 말이다. 편의점 앞에 서서 과자를 사겠다고 떼쓰는 아이에게, 집에 얼마나 과자가 많은지 설명하고 달래서 데려오는 일은 쉽지 않다. 그래도 이번 주에는 무지출데이 보내기에 성공했다. 나 자신을 기특하게 여기기로 했다. 이게 뭐라고 참 기쁘다.

+ 3

우울과 소비의 상관관계

나는 우울할 때 카드를 긁어

카드값 500만 원을 대면할 시간이 왔다. 어디에 썼는지 알긴 알아야 하지 않겠나. 하지만 쉽사리 카드 명세서를 열어볼 용기가 나지 않았다. 심장이 두근거린다. 눈을 딱 감고 카드사 홈페이지에 들어갔다. 손이 덜덜 떨렸다. 비밀번호를 넣고 카드 이용내역을 다운로드했다. 수십 장은 나올 줄 알았는데 세 장 정도였다.

총 액수 4,829,975원.

이 말이 절로 다시 나왔다. "미쳤어." 어디에 어떻게 썼는지 살펴봤다. 다행인지 불행인지 내가 한 달에 500만 원을 왕창 쓴 건 아니라는 점이 눈에 띄었다. 지난가을부터 이어온 할부가 누

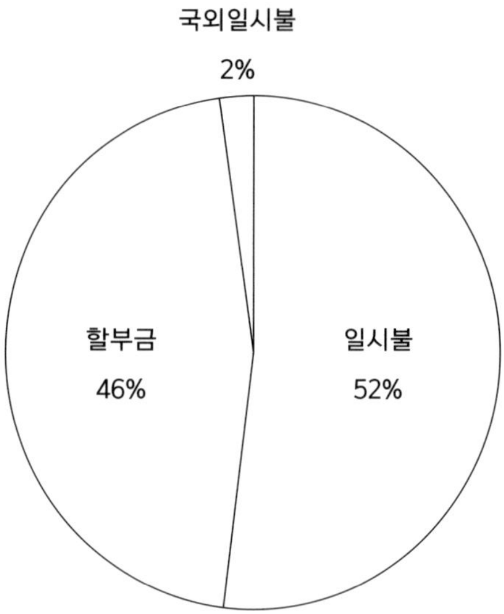

이전부터 이어온 할부가 카드값의 46퍼센트를 차지하고 있었다.

적된 것이 카드값의 46퍼센트를 차지하고 있었다. (자랑은 아니다.) 이렇게 정리하니 조금 거리를 두고 보는 느낌이 들어 의외로 마음이 차분해졌다. (그러라고 정리하는 게 아닐 텐데?) 구입 항목을 하나씩 뜯어보기로 했다.

- 나에게 주는 선물이란 명목으로 산 노트북

대학원 박사 과정 졸업 기념으로 산 노트북이 카드값의 반을 차지한다. 노트북이 이미 두 개나 있고 아이패드가 있는데 그림을 그리고 싶다는 이유로 이 노트북을 선택했다. 포토샵도 사고 노트북 전용 펜도 샀다. 이 외에도 라벨기, 포토 프린터 등 내가 필요하지 않은 걸 얼마나 많이 샀는지 되새기며 반성했다.

- 온라인 서점을 도서관처럼 이용하다니

책은 유난히 죄책감 없이 구매하는 품목 중 하나다. 이렇게 많이 산지는 몰랐다. 코로나로 도서관이 문을 닫아서 어쩔 수 없이 서점을 도서관처럼 이용했다. 빌려서 보는 것보다는 구입해서 편하게 보는 걸 선호하기도 했다. 그래도 한 달에 30만 원씩 쓰다니….

- 의외로 낮은 엥겔지수

식재료 구입과 배달 음식에 쓴 돈은 70만 원이었다. 집에만 있어서 더 나올 줄 알았는데, 생각보다 적었다. 한 150만 원은 될 줄 알았다. 나는 식재료 욕심이 정말 많다. 신혼 초에 가정경제를 파탄 낸 것도 다 식재료 욕심 때문이었다. 세상에 버터와 치즈, 와인의 세계가 그렇게나 다채로울 줄이야.

- 할부의 유혹

46퍼센트를 차지한 할부금. 매달 내야 하는 돈이 50만 원에 육박한다. 많은 재테크 책들이 무이자 할부인데도 안 사면 손해라고 느끼는 심리가 위험하다고 이야기하는데, 나는 그 사실을 알고도 습관을 버리지 못했다. 통장에 잔고가 충분해도 할부를 이용하면 더 많은 것을 살 수 있을 것 같았다. 당장 내야 할 돈이 적어지니 합리적인 소비라고 생각했던 것이다.

- 옷은 또 왜 샀나

입고 갈 곳도 없으면서 왜 열한 번째 청바지를 장만했는지, 코트랑 패딩이 있는데 겨울 외투는 왜 샀는지, 일곱 번째 줄무늬 티셔츠를 산 이유는 또 무엇인지 나도 모르겠다.

다 정리하고 보니 사야 할 이유가 없는 물건들이 참 많았다. 그동안 산 책과 옷들은 다 어디에 있는지도 모르겠다. 누가 내역서를 볼까 봐 얼른 구겨서 가방에 넣었다. 창밖으로 다니는 차들을 바라보며 생각했다.

나는 미친 게 아니라 우울한 거야

나는 육아, 대학원과 직장생활을 병행하며 과중한 스트레스로 꽤 오랜 시간 우울, 불안, 불면 등에 시달렸다. 1년 전부터 관련 치료를 본격적으로 받기 시작했다. 더 일찍 병원에 가면 좋았겠지만 용기가 없었다. 치료는 이제 막 마무리가 되어가는 상태였다.

하노버 의과 대학의 한 연구[+1] 결과에 따르면, 쇼핑 중독자 대부분이 우울과 불안에 시달린다고 한다. (나는 카드값 500만 원의 원인을 분석해보려고 치밀하게 노력 중이다.) 이 연구는 '구매-쇼핑 장애BSD(Buying-Shopping Disorder)'를 주로 다룬다. 이는 쇼핑에 사로잡혀 물건을 구매함으로써 자신의 정체성을 찾으려 하는 현상을 뜻한다. 이를 겪는 사람들은 자신이 감당할 수 있는 것보다 더 많은 양을, 그리고 자주 사용하지도 않는 물품을 산다. 자신의 감정을 조절하기 위해서다. 기쁜 일이 생겼을 때나 나쁜 기분을 없애고 싶을 때, 혹은 자기 불일치self-discrepancy를 해결하기 위해 산다. 장기적으로 봤을 때, 이 현상을 겪는 이들은 자기조절self-regulation 능력이 높지 않기에 돈을 많이 벌어도 과잉 지출을 계속하며, 물건을 병적으로 모으기도 한다. 현재는 이를 질병으로 정식 분류하지는 않지만, 세계보건기구에서 질병과 증상 등을 분류한 국제 질병분류인 'ICD-11'의 임시 범주에는 포함되어 있다.

과한 쇼핑은 대부분 과한 스트레스에서 온다

물론 스트레스를 받는다고 모든 이들이 쇼핑에 빠지는 것은 아니다. 어떤 방식으로든 스트레스를 해소해야 하는데 BSD를 겪는 이들은 이를 쇼핑으로 해결하는 것이다. 폭식이나 게임, 도박 중독도 같은 범주에 있다. (나는 약간의 폭식 증세도 있다.) 감정조절은 '자기조절'의 일부로 감정, 행동, 동기motivation도 포함하는 개념[+2]인데, 이런 것들을 조절하고 절제하는 능력은 대부분 어린 시절에 형성된다고 한다.

많은 직장인들의 '홧김 비용'도 이런 측면에서 바라볼 수 있지 않을까? 우울이나 화를 주체할 수가 없는 것이다. (그렇다고 해서 소비하는 사람들이 모두 감정조절에 미숙한 것은 아니다.) 또한 자기조절 능력은 체력이나 돈처럼 사람마다 지닌 양이 다르고 한계가 있기 때문에, 회사나 학교에서 모두 다 사용하고 나면 집에서는 쓸 수 있는 게 남아 있지 않다고 한다.[+3] 밖에서는 활기차고 천사 같은 사람이 집에서는 전혀 다른 모습을 보이거나, 육아로 지친 사람이 쉽게 우울증에 걸리는 것도 이런 이유일 수 있다.

감정조절이 어려운 사람은 우울한 감정만 조절이 안 되는 게 아니다. 즐거운 감정도 조절이 쉽지 않다. 나를 예로 들면, SNS를 하다가 경제적으로 풍족한 친구들의 모습을 보면 급격히 마음이 내려앉고 그럴 때면 쇼핑앱을 열었다. 아무 망설임 없이 물건을 고르고 계산했다. 박사 과정 중 일이 잘 안 풀릴 때, 연인과 싸웠을 때도 쇼핑을 했다. 육아를 하다 혹은 퇴근 후에 너무 힘이 들면 백화점을 누비고 다니기도 했다. 반대로 즐거운 감정이 휘몰아칠 때도 쇼핑을 했다. 나는 어떤 저널을 두고 '거기에 내 논문이 실린다면' 하고 오래도록 바라왔는데, 그 저널에 논문을 싣게 되었다는 이메일을 받은 달에도 역대급 카드값을 경신했다.

부모님 탓은 아니에요

이런 감정조절 능력은 어린 시절의 경험에 영향을 받는다고 알려져 있다. 그렇다고 해서, 부모님이 나를 잘못 키웠기 때문에 내가 스트레스를 받을 때마다 쇼핑에 빠진다고 말하려는 건 당연히 아니다.

중요한 건 부모님이 나를 어떻게 키웠느냐와 상관없이 나 자신을 받아들이고 뚜벅뚜벅 걸어나가는 것이다. 다른 이들을 탓하며 사는 건 옳지 않다. 문제 해결에도 전혀 도움이 되지 않는다. 나는 이미 성인이 된 지 십수 년이 지났으며, 부모님의 보살핌을 받으며 살아온 시간보다 내가 혼자 결정하며 살아온 날이 더 길다. 지금의 나를 받아들이는 것이 중요하다. 부모님은 순간순간 최선을 다해 나를 키웠고, 그분들의 실수는 이제 잘 기억나지 않는다. 어린 시절 내게 새겨진 무늬는 빛바랜 지 오래다. 스스로 나만의 길을 걸어가는 것이 최선이다. 그래서 나는 다시 병원으로 향한 것이다.

"약을 다시 좀 늘려야겠어요."

의사 선생님이 말했다. 카드값은 늘고 내 안의 모든 의욕은 사라지고 있었다. 소비단식을 시작한 데에는 이런 이유가 있었던 것이다. 잘 줄여가고 있었던 약을 다시 증량해야 한다는 진단을 받았고 수면제도 다시 처방받았다. 정말 싫었지만, 밤마다 휴대폰을 붙잡고 있다가 쇼핑앱을 여느니 수면제를 먹는 게 낫겠다는 생각이 들었다. 나는 미친 게 아니라 우울했다.

카드값을 분석하고 이유를 파고들었다.
쇼핑은 때로 우울과 관계가 있다.

+ 4

소비하지 않는 기쁨 찾기

소비 요정의 무지출데이

돈을 쓰지 않는 날, 무지출데이. 사실 처음엔 별로 어렵지 않겠다고 생각했다. 돈을 안 쓰면 되지, 그게 뭐가 대수냐 싶었다. 하지만 나 같은 소비 친화적 인간에게 돈을 쓰지 않는 건 정말 어려운 도전이었다.

우선 평일에는 웬만하면 돈을 쓰지 않기로 했다. 당장 없으면 안 되는 필수품(쌀, 비누, 요리용 기름 등)은 미리 메모해뒀다가 일주일에 한 번만 장을 보기로 했다. 서랍을 뒤져 예전에 다이어리 꾸미기 한다고 몇만 원어치 사둔 스티커를 찾아냈다. 무지출데이를 달성하는 날에는 다이어리에 이 스티커를 붙이기로 했다.

그런데 생각지도 못하게 돈 쓸 일이 생겼다. 아이와 산책을 하는데, 목이 마르다고 했다. 지갑 하나만 가지고 나온 터라 결국

편의점에서 물을 샀다. 전에는 아무 생각 없이 돈을 썼는데, 소비를 의식하고 나니 매번 이렇게 돈이 나간다는 걸 알게 되었다. 그 이후에는 아이와 산책을 할 때는 꼭 물을 챙긴다.

어느 날은 약속이 있어 외출하는데, 건조한 날씨에 입술이 벗겨질 듯 아팠다. 립밤을 안 가져온 것이다. 예전 같으면 '이게 얼마나 한다고!' 하고는 드러그스토어에 들어가서 3천 원짜리 니베아 립밤을 바로 하나 샀을 것이다. 하지만 나는 무지출데이 도전 중이었다. 꾹 참고 돌아와 코트며 패딩이며 옷이란 옷 주머니는 다 뒤졌다. 똑같은 립밤이 세 개나 나왔다. 반성했다. 찾아낸 립밤 하나를 외출하기 전 볼 수 있는 곳에 뒀다. 미리 준비하고 생각해야 무지출데이를 만들 수 있었다. 길을 가다가 목이 말라 탄산수 하나를 사 마시고 싶더라도 참아야 한다. '집에 가면 탄산수 있으니 조금만 참자' 하며 말이다.

고백하자면, 나는 친구를 만나러 가다가 옷이 맘에 안 들면 가는 길에 새로 사서 입고 가는 사람이었다. 신발을 새로 사서 신은 적, 향수를 새로 사서 뿌린 적도 있다. 다양한 색깔의 옷을 입는 여름에는 입은 옷에 맞추려고 무지개색 우산을 마련한 적도 있다. 3주차 기록을 공개한다.

1일차

딸기 사는 데 만 원을 썼다. 채소나 과일은 아직 재래시장이 더 싼 것 같다. 현금영수증이 되면 좋겠지만 할머니들께 현금영수증을 달라고 할 수는 없다. 연말정산을 생각하기보다는 지금 당장 아껴 쓰는 게 더 남는 거겠지.

2일차

그동안 맹렬하게 냉장고를 파먹었는데, 이제 우유와 계란도 없어 아이 간식을 몇 가지 샀다. 다행히 우수고객 쿠폰이 남아 있어서 7퍼센트 할인받고 무료로 배송도 받았다. 예이!

3일차

두 번째 무지출데이 성공! 지금은 카드를 크게 아이용, 내 용돈용, 생활비용 이렇게 세 개로 쓰고 있는데, 은근히 불편하다. 장을 보면서 아이 간식도 사기 때문에 앞으로는 생활비 카드 하나만 쓰기로 했다. 잘한 건지는 나중에 결산해보면 알겠지.

4일차

엄마의 생일이었다. 따로 경조사비로 모아둔 돈으로 행사를 치렀다. 아이가 사고 싶어 하는 앱이 있는데 돈이 없어서 안 사준다고 했더니 할머니에게 한 시간을 졸라서 받아냈다. 돈은 큰오빠가 냈다. 다른 사람에게 기대어 소비단식을 진행하고 싶지는 않다. 이런 상황에는 소비에 조금 더 여유를 두되, 아이가 누군가에게 조를 때는 안 된다고 단호하게 이야기해야겠다.

5일차

부모님, 아이와 남이섬에 다녀왔다. 비상금으로 챙겨둔 현금 5만 원을 가지고 나갔다. 점심값은 엄마가, 유류비는 아빠가 냈다. 나는 입장료를 내고 간단한 간식을 샀다. 비상금을 마련해둔 건 잘한 일이었다. 약간의 긴장과 함께 남은 돈이 얼마인지 계산하며 움직였다. 카드값 합산이 두려워 문자도 확인하지 못했던 때에 비하면, 잔액을 확인하는 건 오히려 즐거운 일이다.

6일차

병원에 다녀왔다. 병원에 가면 지난 몇 주간 어떻게 지냈는지 상세히 설명하느라 진이 다 빠지곤 해서, 다녀온 날에는 늘 책도 한 권 사고 외식도 했다. 그러지 않고는 아이를 만날 자신이 없어서. 하지만 오늘은 기운이 빠지지 않았다. 카페에 가서 갖고 있던 기프트카드로 샌드위치와 커피를 사 먹으며 한 시간 정도 글을 썼다. 웹 서핑도 하지 않고 맹렬하게. (혹시 다음에 누가 선물을 준다고 하면 꼭 카페 기프트카드를 받으리라.)

7일차

세 번째 무지출데이에 성공했다! 알라딘에 헌책을 팔러 나갔다. 한 보따리 팔고 나니 7만 원 넘는 돈이 생겼다. 받은 돈으로 중고 책 두 권을 구입하고 아이 줄 젤리를 하나 사서 돌아왔다. 무지출도 모자라 오늘은 플러스가 된 날이다. 플래너에 '+'라고 적었다.

무지출데이를 보내는 데 두 번이나 성공한 주다. 스티커를 붙이니 실실 웃음이 나왔다. 이게 뭐라고 처음 무지출데이를 성공한 날에는 박사학위 졸업장을 받을 때만큼이나 기뻤다. 사소하지만 내가 만들 수 있는 소중한 성과다. 이번 달에는 몇 개의 스티커를 붙일 수 있을까 기대된다. 기대를 하니 소비를 미룰 수 있다.

무지출데이!
소비의 기쁨보다 더 큰, 쓰지 않는 기쁨을 느꼈다.

발견 노트

 # 고민하는 일주일, 쓰지 않는 기쁨

예전에 나는 어차피 살 거 빠르게 사자고 생각했다. 분명 그런 생각이 필요할 때도 있다. 어떤 물건은 삶의 질을 단숨에 올려놓으니까.

하지만 지금 당장 필요한 것 같은 물건도 일단은 바로 사지 않고 추가했다. 생존에 직결되는 필수품이 아닌 물건들도 리스트에 추가했다. 그리고 일주일이 지난 뒤 리스트를 보며 고민하는 과정을 거쳤다. 이렇게 하니 이게 정말 사야만 했던 물건인지, 아니면 충동적으로 필요를 느꼈는지 알 수 있었다.

봄맞이를 위한 흰 셔츠는 리스트에 올렸다가 지웠다. 이 셔츠가 아니라도 세 개의 흰 셔츠가 있으니까. 낡은 잠옷 바지를 대신할 새 잠옷 바지는 리스트에서 살아남았다.

이러한 과정을 거쳐, 일주일에 한 번 꼭 필요한 물건을 샀다. 장바구니에 담아둔 물건을 한번에 결제하는 기쁨이란! 결제의 기쁨에 무지출의 기쁨이 더해졌다. 기쁜 날이 느니 즐겁다.

자존감이 높은 사람들은 명품백을 사지 않는다는 이야기를 들은 적이 있다. 높은 자존감을 갖게 되고 통장에 쌓여가는 돈을 보다 보면 '쓰지 않는 기쁨'이 내 몸에도 스며들까? 디올 레이디백이 더이상 가지고 싶지 않게 될까? 나 같은 소비 요정도 절약 요정으로 거듭날 수 있을까?

소비단식에 몇 가지 규칙을 추가했다.

- 생필품 사는 요일을 정한다. (금요일 오후에 장을 보기로 했다.)
- 아이와 외출할 때는 물, 음료수, 간식을 꼭 챙겨 나간다.
- 혼자 외출할 때도 마찬가지다.

+ 5

요요 현상

소비단식에도 요요가 오다니

요요 현상은 다이어트에만 있는 줄 알았다. 하지만 그것이 소비단식에도 찾아올 줄이야. (요요 현상은 다이어트 후 체중이 줄었다가 다시 원래대로 혹은 그 이상으로 증가하는 현상을 뜻한다.) 얼마간은 비교적 양호한 상태였다. 그런데… 꼬박 한 달 동안 돈을 쓰지 않고 지냈더니 내 머릿속 줄 어딘가가 뚝 끊어진 것 같았다. 요요 현상이 시작되었고, 나는 정말 아무 죄책감 없이 돈을 쓰기 시작했다.

사실 이는 대학원 졸업 후 다채로운 삽질을 하며 좌절을 맛보던 당시 상황과 관련이 있다. 나는 박사 과정 중 결혼을 했고, 졸업 논문을 쓰기 전에 아이를 낳았다. 이후 직장생활과 공부, 육아를 병행하다가 케냐 나이로비로 남편의 직장이 발령나 보금자리를 옮겼다. 그 뒤, 나는 미처 못 끝낸 공부를 마무리하기 위해 아이와 함께 한국으로 돌아왔다. 그러던 중 코로나 팬데믹이 심해졌고, 건강상의 이유도 있어 기약 없이 한국에 머물고 있었다. 그 기간이 길어지면서, 나는 공부를 마치고 다양한 시도를 이어가고 있었다. 여기저기 넣었던 원서는 줄줄이 서류 탈락이었다. 무조건 합격할 줄 알았던 연구소마저 떨어지자 정신을 차리기가 어려웠다.

그동안 쇼핑으로 스트레스를 풀었는데, 소비단식으로 지출을 줄이자 쌓이고 쌓인 스트레스가 결국은 펑 터져버린 느낌이었다. 다시 심장이 두근거리고 불안에 휩싸였다. 병원에서는 줄여가던 약을 다시 늘리자고 했다.

남편의 입국은 코로나로 인해 기약 없이 미뤄지고 내 치료도 더디게 진행되고 있었다. 그러던 중 아이 이를 닦아주다가 어금니에 검은 줄이 가 있는 것을 발견했다. 엄청난 죄책감이 밀려왔다. 치과 치료를 진행하는데 여러 가지 생각이 들었다. 내 삶이 어디까지 나락으로 떨어질 것인가. 치과에 다녀와 울며 잠이 든 아이를 바라보다가 다시 정신을 차려야겠다고 생각했다.

제일 먼저 결정한 것은 당분간 구직 활동을 하지 않기로 한 것이다. 엉킨 실타래를 풀기 위해서는 가장 먼저 내가 건강해야 했다. 치료에 최대한 집중하기로 했다. 스트레스를 받는 일은 가급적 하지 않으려고 노력했다. 약을 그만 먹어도 되면 다시 소비단식을 시작하기로 했다.

요요로 인해 다시 소비단식을 시작하기까지 정확히 4개월이 걸렸다. 몇 달간 250여만 원이 찍힌 카드 명세서를 받았다. 다시 소비단식을 이어가야 할 때였다. 하지만 지난번처럼 극단적으로 하다가는 또 요요가 올지도 모르는 일이었다. 카드값이 더

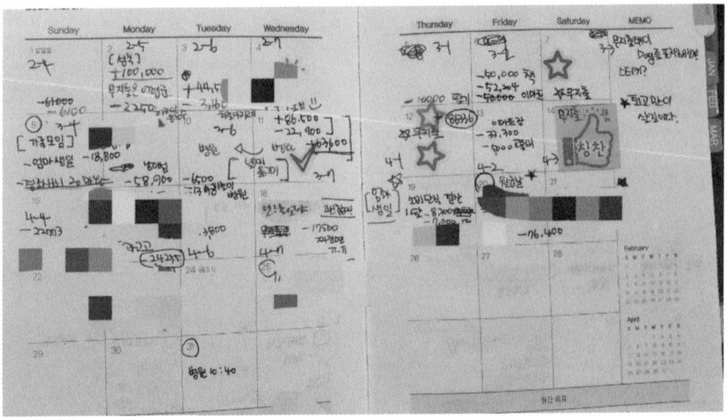

무지출데이를 달성하고 칭찬 스티커를 붙였던 다이어리.

요요가 오고, 3월 월급날 이후로는 아무것도 적혀 있지 않다.

가계부 앱 화면.

요요가 온 뒤 매달 약 250만 원 정도를 카드값으로 썼다.

특별히 의식하지 않고 카드를 긁으면

얼마 정도를 쓰는지 정확히 알게 됐다.

늘어나는 건 싫다. 대출이 느는 것도 두렵다.

이제는 조금 더 내게 맞는, 현실적인 소비단식을 하자고 결심했다. 쇼핑 이외에 스트레스를 풀 방법도 생각해봤다. 역시 내가 가장 좋아하는 것은 책 읽기와 글쓰기, 그리고 걷기이다. 산책을 하고 한적한 도서관에 앉아 책을 잔뜩 쌓아두고 읽으며 글 쓰는 일. 이것이 나의 가장 큰 사치이며 행복이다. 소비단식을 하는 동안 매일 적어도 한 시간에서 두 시간은 혼자서 책을 읽고 글 쓰는 시간으로 확보하기로 했다. 내게 이 도전이 필요한 이유를 적으며 소비단식을 시도해보면 좋을 사람, 그렇지 않은 사람을 나누어보았다. 다시 마음을 다잡기 위해서다.

+ 소비단식이 필요한 사람(다 제 이야기입니다)

- 꼭 필요한 것(주택담보, 학자금, 병원비) 이외에 마이너스 통장이나 대출이 있는 사람
- 타인에게 잘 보이기 위해 물건을 산 경험이 많은 사람(ex. 친구 만날 때 입을 옷이 없다며 만나러 가는 길에 새로 옷 사서 입고 가기)
- 필요 없는 물건을 계속 사는 사람 (ex. 청바지가 열한 개나 있으면서 디테일이 다르다고 또 사기)
- 충동구매를 잘 하는 사람 (ex. 인스타그램을 보다가 혹은 길을 걷다가 그냥 덜컥 뭔가 사기)
- 택배가 쌓여 있고, 뜯어볼 시간도 없으면서 계속 사는 사람
- 통장 잔고나 카드값 고지서 들여다보는 게 제일 겁나는 사람
- 한 달에 얼마가 들어오고 나가는지 전혀 모르는 사람

+ 소비단식이 필요하지 않은 사람

- 필요한 것을 살 때 이외에는 특별히 소비욕이 없는 사람
- 돈을 잘 관리하면서 대출도 갚고 저축도 하는 사람
- 5년 전 산 옷도 특별히 낡지 않았다면 계속 입는 사람(남편….)
- 애초에 한 달 살기가 빠듯한 취준생, 직장인, 주부 등등
- 이제 벌 만큼 벌었고, 쓰면서 쉬고 싶은 사람(부럽습니다)
- 몸과 마음이 아픈 사람
- 과한 스트레스를 경험하고 있는 사람(직장인들이여)

사람들 대부분은 소비단식을 하지 않아도 될 것이다. 나는 엄두도 못 낼 만큼 정말 알뜰하게 잘 사시는 분들도 많다. 그러나 나는 돈을 잘 벌기 위해 혹은 재테크를 위해서가 아니라 비정상적인 쇼핑 습관을 바꾸고 빚을 줄이기 위해 조금은 극단적인 도전을 하는 것이다. 마치 다이어트 방법으로 단식을 택하는 것처럼 말이다. 그렇다고 스크루지 영감처럼 살아서는 안 된다. 맛있는 것도 먹고 가끔은 자신을 위한 물건도 사야 한다. 무엇보다 소중한 사람들에게 베풀 수 있어야 한다. 하지만 나는 그동안 인생을 너무 즐겼다.
몸과 마음이 아플 때 소비단식을 시도해도 될까? 개인차가 있을 것 같다. 단식이 모두의 건강에 좋은 것은 아니듯 말이다(당뇨 환자가 단식을 하면 저혈당 쇼크가 온다). 나는 1년 넘게 우울증과 불안장애 치료를 받고 있다. 별거 아니라면 별거 아니고 대단하다면 대단한 이 시도가 나에게 어떤 결과를 가져다줄까?

소비단식에도 요요 현상이 있다.
나에게 맞는 현실적인 소비단식을 해나가자.

\+ 6

추가된 몇 가지 원칙들

소비단식에도 치팅이 필요해

다이어트를 시작하면 가장 반가운 것이 바로 '치팅데이'다. 한 달에 한두 번 정도 먹고 싶은 음식을 먹는 날이다. 이 날은 다이어트를 지속할 수 있는 힘을 준다. 물론 치팅데이라고 폭식을 해서는 결코 안 된다. 예전에 다이어트를 할 때 치팅데이가 오면 중식, 분식, 햄버거, 피자를 신나게 먹었는데, 결국 살이 하나도 안 빠졌다.
내가 소비단식을 시작하면서 세운 원칙에는 다음과 같은 항목이 있다.

\- 생필품은 산다.

단, 정말 다 쓰고 하나도 남지 않았을 때 딱 하나만 산다.

하지만 생필품 외에 다른 것을 살 수 없으니 자꾸 스스로에게 거짓말을 하고는 했다.

“이것도 생필품이지, 뭐.”

내 뇌는 ‘필요’를 만들어내는 데 최적화되어서, 사고 싶은 것이라면 그 이유를 열 개도 넘게 만들어낼 수 있다. 오늘도 싱크대 정리를 하다가 수납 용기가 필요한 것 같아서 거의 10만 원어치를 장바구니에 담았다가 결제 막판에 가까스로 멈추었다. 또 아이가 “엄마, 색연필이 안 나와요”라고 하자 반사적으로 “어, 엄마가 사줄게” 하고는 당장 쿠팡에 들어가 로켓 배송으로 주문하려 했다. 죄다 열 세트 묶음밖에 없어서 못 사고 있는데, 아이는 그새 다른 색연필로 그림을 그렸다. 이렇게 생각 없이 ‘필요하다’고 생각해서 사들이다 보면 전처럼 리락쿠마 라벨기도 사고(아이 어린이집 가기 전에 딱 한 번 썼음) 호피 무늬 원피스도 사고(한 번도 안 입음) 펜도 스무 자루씩(국산이니까) 사들이는 것이다.

그래서 도입된 치팅 제도

이러다가 언제 다시 할부로 물건을 사들일지 모르는 일이다. 치팅데이처럼, 생필품 이외의 항목도 구매할 수 있도록 약간의 여윳돈을 두기로 했다. 일단 한 달에 5만 원으로 정했다. 신중히 고민한 뒤에도 갖고 싶다면 이 금액 내에서 꼭 사고 싶은 것을 사는 것이다. 너무 힘들면 조금 늘리고, 덜 필요하면 돈을 남겨 저축하기로 했다.

소비단식과 집 안 정리는 필연!

소비하고픈 욕구와 에너지를 다른 곳으로 돌리기 위해 정리를 시작했다. 오늘은 냉장고를 정리했다. 오래된 모차렐라 치즈와 빵들을 버렸다. 잊고 있던 차돌박이를 발견해서 점심에는 아이와 함께 구워 먹었다. 냉동실에는 냉동식품이 한 바구니였다. 지난주 구입한 베이글도 잔뜩이고, 잼도 네 종류나 있다. 정리를 하니 생필품 구매 목록도 줄고 생활비도 절약됐다. 소비단식과 집 안 정리는 필연인 것 같다.

소비단식을 지속하기 위해 치팅데이를 만들었다.

발견 노트

 # 작고 확실한 성취가 스트레스를 잡는다

떠올려보면 내가 스트레스를 받을 때 쇼핑을 한 이유는 작더라도 즉각적인 성취가 따라오기 때문이었다. 이런 작은 성취를 대신할 것이 필요했다.

그래서 시작한 것이 글쓰기다. 내가 쓴 이야기가 바로 눈에 보이니 성취감이 느껴지는 것은 물론, 나도 몰랐던 내 마음을 들여다볼 수 있어 도움이 된다. 소비단식 기간에는 어떤 식으로든 꼭 글을 쓰길 추천하고 싶다.

두 번째로 찾은 건 걷기였다. 아이를 돌보다가 혹은 일을 하다가 과도하게 스트레스를 받으면 자연스럽게 쇼핑앱에 들어가거나 특가판매 코너를 기웃거렸다. 아이를 위해 장난감이라도 하나 사고 싶어진다. 그럴 때면 나가서 걸었다. 잠시 바깥공기를 쐬고 근처 하천을 걸으면 쌓인 스트레스가 꽤 날아갔다. 조금이나마 운동을 했다는 작은 성취도 함께 따라왔다. 하루에 만 보를 다 채우면 그 자체가 기쁨이었다.

세 번째는 책 읽기다. 책상에 읽을 책을 늘 한 권씩 두었다. 전엔 일을 하다 막히면 인스타그램이나 핀터레스트, 포털 사이트나 쇼핑앱을 뒤적거렸는데, 그 대신 곁에 둔 책을 한 페이지라도 읽기로 했다. 종류를 가리지 않고 읽었다. 읽고는 싶은데 시간이 없다는 핑계로 안 읽은 책을 주로 택했다. 집에 이미 책이 많기에 구입할 필요가 없었다. 일이 막힐 때마다 읽다 보니 평소에 잘 안 읽히던 책도 의외로 눈에 잘 들어왔다. 이렇게 다 읽은 책은 한쪽에 따로 쌓아두었는데, 그 책들이 쌓여가는 걸 보는 기쁨도 쏠쏠했다.

이 외에도 요리하기, 서랍장 정리, 화장실 5분 청소 등 바로 성취를 느낄 수 있는 작은 행동들을 리스트로 적어두었다. 그런 뒤 내가 뭔가를 사려고 앱을 열 때마다 리스트에 있는 일을 하나씩 시도했다. 매번 성공한 것은 아니지만, 열 번에 여덟 번 정도는 소비를 멈출 수 있었다.
무엇보다 가장 중요한 것은 이렇게 이룬 성취를 누군가에게 말하는 것이다. 오늘 이룬 것을 혼자 조용히 기뻐하는 것도 좋지만, 가족 혹은 친구들에게, 여의치 않으면 SNS에라도 인증하는 것이 좋다. 나는 주로 엄마에게 이야기를 했는데, "오, 잘했네"라는 말을 듣는 것만으로 마음이 풍족해졌다.

\+ 7

허들 만들기

결제는 어려울수록, 소비는 미룰수록 좋다

고백하건대, 나는 최신 결제시스템 애용자이자 전도자였다. 인터넷 쇼핑이 한창일 때는 컴퓨터로 결제할 수 있는 모든 방법을, 대세가 모바일 쇼핑으로 넘어온 뒤에는 온갖 '페이'들을 다 꿰고 있었다. 숫자 여섯 개, 혹은 그냥 결제하기 버튼만 누르면 된다니! 엄마와 시어머니께도 갖가지 페이를 알려드렸다. 두 분 모두 고맙다고 하셨다. 물론 그분들은 가계부를 적으며 소비를 하는 알뜰한 분들이라서 충동구매를 하는 나와는 거리가 멀다. 내가 문제다, 내가. 밤이면 밤마다 쿠팡이니 네이버니 열어서 필요한 게 없나 뒤적이다가 필요한 이유를 만들어서 사곤 했으니까. 5만 원이 넘으면 할부로 결제했고, 앞에서 살펴본 것처럼 그렇게 쌓인 할부액이 한 달에 50만 원 가까이 나갔다. 앞으로 신용카드를 하나도 쓰지 않아도 그렇게 5개월은 더 내야 했다.

결제를 어렵게 만들었다

체크카드를 주로 쓰기로 하고 하나 남은 신용카드는 깊숙이 넣어두었다(비상용으로 하나는 있어야 하니까). 모바일 결제앱은 다 지우고, 쇼핑몰들에도 체크카드 하나만 남겨두고 등록을 해제했다.

이렇게 결제에 허들을 만드니 확실히 돈을 덜 썼다. 많은 업체들이 왜 간편결제 서비스를 도입하는지 나를 보면 알 수 있다. 손가락 하나 까딱하면 결제되는 편리함. 이 편리함이 소비를 더 가볍게 만든다. 비록 카드값은 무거워지지만.

이 참에 체크카드와 현금을 조금 더 적극적으로 사용하기로 했다. 체크카드는 사용하면 통장 잔고 알림이 바로 오게 설정할 수 있다. 현금은 사용할 때마다 남은 돈만 손에 쥐어지니 직관적이다. 이렇게 하니 뭔가를 사려고 할 때 잔고를 생각하며 한 번 더 고민하고 소비를 멈추게 된다.

체크카드로 결제하니 할부를 해야 할 만큼 감당 안 되는 물건은 사지 않게 됐다. 당연한 말인데, 전에는 당연한 게 아니었다. '한 달에 3만 원이면 괜찮지' 하고는 몇 개월 할부로 척척 사다가 갑자기 한번에 20만 원을 결제하기는 굉장히 어려웠다. 역시 사람들이 신용카드부터 자르는 데는 이유가 있는 것이다. 결제가 어려울수록 자제가 잘된다.

소비는 미룰수록 좋다

결제에 허들을 만들자, 주문한 바로 다음 날 필요한 것들을 배송받던 습관 때문인지 금단 증상이 나타났다. '어, 물티슈가 하나밖에 없네… 내일 써야 하는데', '아! 내일 당장 아이 색연필이 있어야 하는데….' 하는 식으로 불안했다. 꾹 참았다. 그랬더니 한 가지 사실을 알게 되었다. 작은 물티슈 한 통으로도 일주일은 거뜬히 날 수 있다는 것. 있는 걸 다 쓰고 나서는 집을 뒤져서 사은품으로 받은 물티슈를 전부 찾아 썼다. 그것도 다 쓰고 나자, 작은 면 수건을 물에 적셔 쓰기 시작했다. 그렇게 아직까지 물티슈를 사지 않고 살고 있다. 쓰레기도 만들지 않으니 죄책감도 없다.

지금 당장 필요한 것 같아도 사지 않고 그냥 장바구니에 담아두었다. 하룻밤을 참으면 일주일도 참을 수 있다. 일주일을 참으면 한 달을 참을 수 있고, 한 달을 참으면 장바구니에서 삭제할 수 있다. '어차피 살 거 빨리 사자'가 내 쇼핑 모토였는데, 이제 '소비는 미룰수록 좋다'라니. 엄청난 변화가 나타나고 있다.

결제를 어렵게 만드니 소비가 줄어든다.
체크카드와 현금을 조금 더 적극적으로 사용하기로 했다.

+ 8

반소비주의

이 물건은 정말 내가 원하는 것일까?

얼마 전부터 우연히 비누 하나로만 씻기 시작했다. 몸에 알레르기 반응이 일어나서 시도해본 것인데, 의외로 충분했다. 그러자 '내가 사용하는 물건들은 정말 꼭 필요해서 산 것일까?'라는 의문이 들었다. 비누 하나만 사용하기로 했을 뿐인데, 덕분에 샴푸, 린스, 컨디셔너, 헤어팩, 폼클렌징, 스크럽, 바디클렌저, 풋클렌저 등이 모두 쓸모없어졌다. 나는 언제부터 누구의 영향을 받아, 어떤 방법으로 인해 이 많은 것들이 필요하다고 느끼게 된 것일까? 과연 지금껏 내가 '필요'하다고 생각한 것이 온전한 '내 생각'이었을까? 이렇게 보니 주변의 모든 물건들이 생경하게 느껴졌다. 신발장만 봐도 그렇다.

검은 구두 2켤레, 핑크색 구두 1켤레, 베이지색 로퍼 1켤레, 앵글부츠

1켤레, 롱부츠 1켤레, 하얀 운동화 1켤레, 검은 운동화 1켤레, 슬립온 1켤레, 스포츠 샌들 1켤레, 하얀 샌들 1켤레.

나는 왜 이 많은 신발들이 필요하다고 느낀 걸까? 그 외에도 똑같은 기능을 하는 물건이 주변에 가득하다. '이것도 먹어봐. 저것도 마셔봐. 이 옷도 입어봐. 피곤하지? 그럴 때는 이 약을 먹으면 된다고. 이 차를 타봐, 더 멋진 인생을 살게 될 거야. 이런 아파트에는 살아야 성공한 인생이지….'
한 걸음 한 걸음 내디딜 때마다 온갖 유혹들이 속삭인다. 그 물건을 얻지 못하면, 우리는 패배자의 마음이 된다. 이미 가진 것이 아주 많음에도 말이다. 그 마음을 이겨내고 싶다면 내 안을 파고들며 묻고 또 물어야 한다.

사실 이러한 의문을 던지는 사람은 이미 많다. '반소비주의anti-consumerism', 소비사회의 흐름에 의문을 가진 사람들의 생각이자 운동이다. 반소비주의는 물건·물질을 계속해서 사고 소비하는 '소비주의consumerism'에 반대하며, 광고가 소비주의에 아주 큰 영향을 미친다고 여긴다.
우리 주변의 광고들은 인간의 행복과 상품을 강하게 연결한다. 이 제품을 쓰면 더 행복해질 것이라고 약속한다. '더 많이 소유하면 더 행복할 거야'가 핵심이다. 어떤 광고는 어떻게 사느냐는 질문에 '○○아파트에 산다'고, 혹은 '○○자동차를 보여줬다'고 답하라 말한다. 삶의 질을 무엇을 소유하느냐, 어디에 사느냐로 평가하는 이 시대의 가치관을 정확하게 볼 수 있다.
한편으로 다행인 점은 이러한 광고에 불편함을 느끼는 사람들이 많다는 것이다. 우리는 소비사회의 거대한 물결 속에서 살아가지만, 이것이 우리에게 썩 자연스럽지 않음을 알고 있다. 나의 존재 가치를 물건이나 소유가 아닌 나 자신만으로 보여줄 수는 없을까? 그런 세상이 될 수는 없을까?
익명성이 너무도 강한 세상인지라 타인을 만나면 결국 겉으로 보이는 것으로 판단하게 된다. 나조차도 누군가가 엘리베이터에서 내 아이에게 말을 걸면 그 사람의 겉모습을 보고 경계를 푸느냐 아니냐를 결정한다. 이러한 세상에서 보이는 것, 소유한 것, 내가 사는 곳은 하나의 정체성이 되어버렸다. 이 흐름은 정말 올바른 것일까? 당장 정답을 알 수는 없지만 나는 소비하지 않음으로써, 즉 소비단식으로 나만의 방법을 찾아보려 한다.

'반소비주의'에 대해 공부했다.
어떤 물건이 필요하다고 느낄 때, 그건 온전한 내 생각일까?

발견 노트

반소비주의

반소비주의는 소비를 줄이려는 움직임이다. 여러 갈래가 있지만, 현재 우리 사회의 소비 형태에 대한 의문을 공통적으로 제기한다. 반소비주의는 현재의 소비 형태가 생태계에 돌이킬 수 없는 피해를 주고 있고, 부유한 국가의 소비가 저개발국과 그 사회의 빈곤 문제에 기여한다고 본다. 특히 과소비가 많은 문제를 야기하고 있으며 '소비자'라는 말에 부정적이다. 반소비주의자들은 특히 광고 등의 마케팅을 열렬히 반대하며, 박싱데이(크리스마스 다음 날을 뜻한다. 미국, 유럽 등은 박싱데이에 특별할인 행사를 많이 한다)를 '아무것도 사지 않는 날'로 정하는 운동을 만들고 전파하기도 한다. 이들은 소비가 사회와 환경에 미칠 영향을 고려할 것을 권장한다.[+4]

『일자리의 미래』의 작가 엘렌 러펠 셸에 따르면 미국에서는 이미 1,600여 명의 사람들이 전체 인구의 90퍼센트보다 더 많은 부를 거머쥐고 있다고 한다. 거대한 자본주의와 소비사회의 파도가 밀려오면 멋진 서퍼들은 그곳을 즐기며 높은 곳으로 올라가지만 그렇지 못한, 서핑보드가 없는 사람들은 물속으로 가라앉는다. 빈부 격차가 극단으로 치닫는 세상이다. 그 파도에 휩쓸리지 않고 우리 각자가 자신만의 소비 문법을 써내려갈 수 있으면 좋겠다.

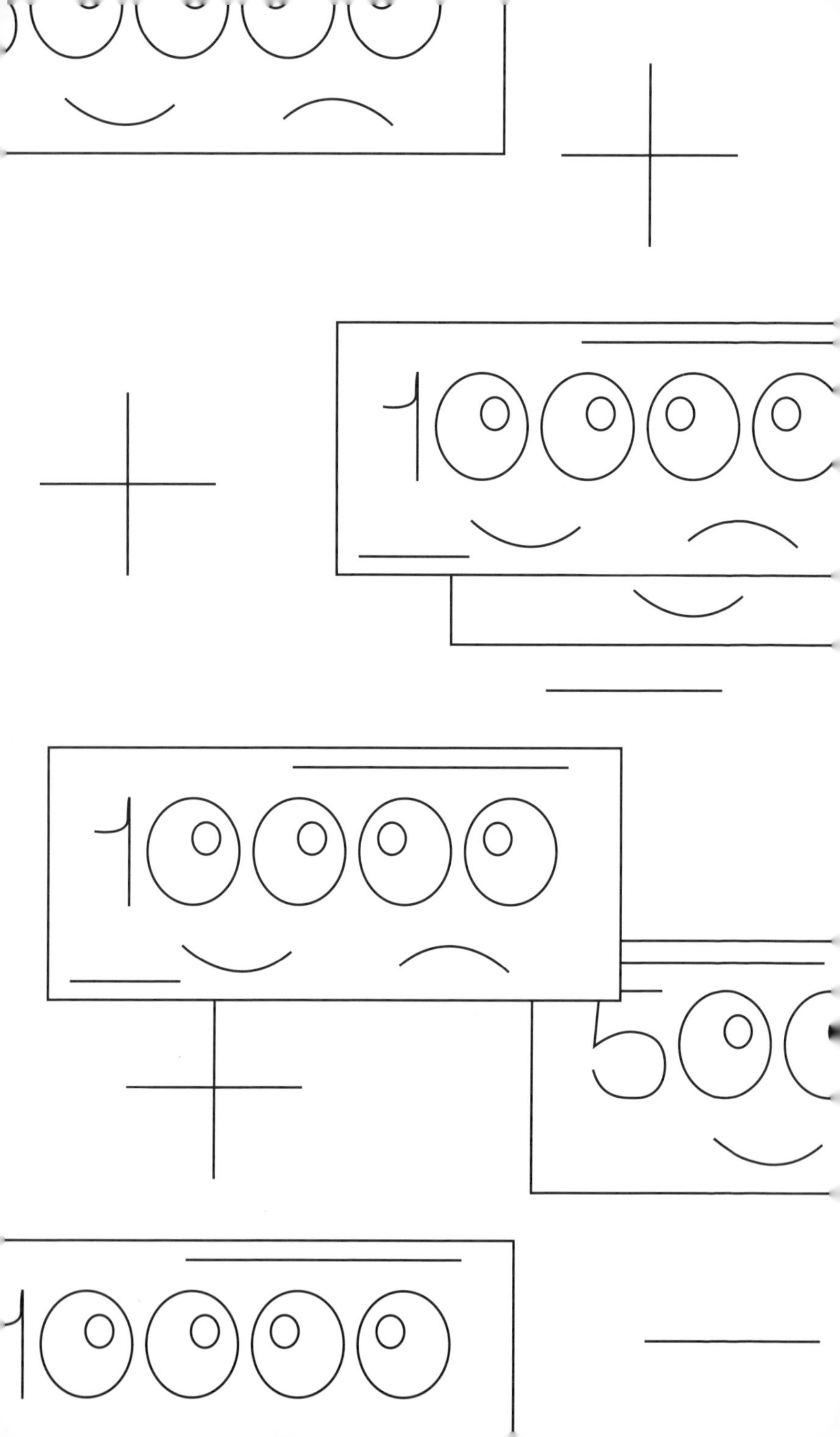
10000
10000
10000

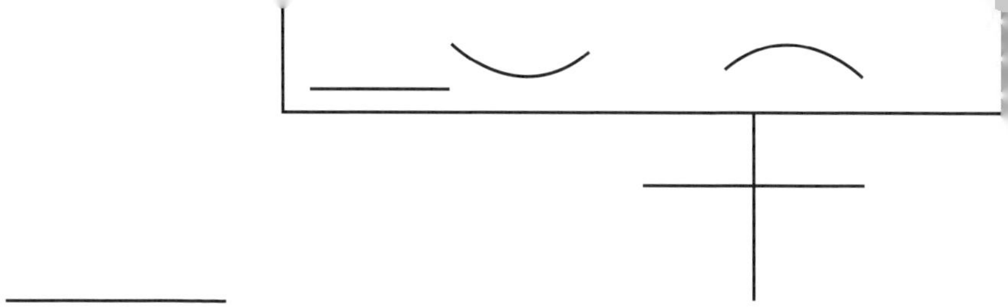

Part - 2

나를 발견하다

자리 잡기

카드값이 5분의1로 줄었다

요요 현상으로 멈췄던 소비단식을 다시 시작한 지 두 달이 지났다. 지난달에는 가족 행사가 있어 지출이 아주 많았다. 비상용으로 따로 모아놓은 돈으로 처리하긴 했지만 그래도 소비가 많은 건 많은 것이다. 세세하게는 아니지만 지출과 수입, 잔액만 적는 노트가 있는데 그걸 볼 때마다 심장이 두근거렸다. 노트를 보니 이런 특수 비용과 남은 할부금을 제외한 단순 생활비는 100만 원 조금 넘는 선을 사수하며 쓰고 있었다. 그리고 행사 없이 지나간 이번 달! 드디어 카드값이 100만 원 이하로 줄었다. 매달 50만 원 정도는 할부금이니, 실제로 쓴 돈은 50만 원 아래. 카드값이 500만 원 → 250만 원 → 100만 원으로 줄어든 것이다. 와우!

2월	500만 원
3~8월(요요)	매달 약 250만 원
9월	99만 원

'카드값을 100만 원 이하로 만들어야지' 하고 목표를 세운 것은 아니다. 다만 '최대한 쓰지 않는다'라는 원칙을 두고 쓸지 말지를 결정했더니 카드값이 눈에 띄게 줄어들었다. 흔히 목표는 측정 가능하고 구체적으로 세워야 효과적이라고 하지만, 나에게는 잘 맞지 않았다. 구체적으로 목표를 세우면 오히려 틈새를 찾으려 노력하는 게 나니까. 내게는 구체적인 목표보다 커다란 원칙을 반복해서 생각하는 것이 효과적이었다. '꼭 필요한 곳이 아니면 쓰지 않는다'라는 기본 원칙.

아이의 가을옷이 너무 없어서 H&M에 갔는데 예전 같으면 척척 구매했을 것을 아주 오래도록 고민한 뒤 결제했다. 생일 기념으로 용돈을 받아 거의 6개월간 방치했던 머리를 새로 했는데 파마 비용이 아주 크게 느껴졌다. 파마를 하지 않고 머리를 단정하게 유지할 방법은 없을까? 1년에 몇십만 원에서 거의 100만 원 가까이를 머리에 사용하는 게 아깝다. 아빠는 몇 시간씩 미용실에 다녀와놓고는 왜 머리가 늘 똑같냐고 하신다. 카페는 선물로 받은 기프티콘을 쓸 때만 갔는데 그사이 코로나가 심해져서 그마저도 가지 않고 테이크아웃만 몇 번 했다.
소비단식이 서서히 자리잡혀간다. 그사이에 새로운 일들도 몇 가지 시작되었다. 소비단식과 관련이 있는 것도, 없는 것도 있다. 채식지향 식사(채식은 소비단식과 많은 연관이 있다. 이에 대해서는 뒤에서 더 다루려 한다)를 시도하고 있고, 우울과 불안장애도 꾸준히 치료받으며 나아지고 있다. 무기력했던 내가 새로운 일을 시작한다는 것, 변화하고 있다는 것은 정말 감사한 일이다.

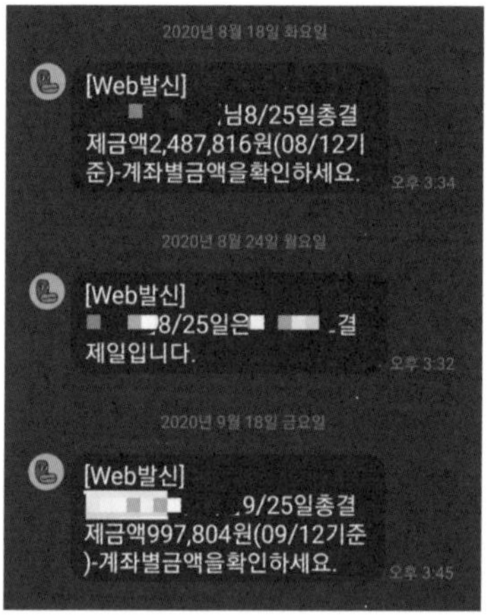

8월은 요요로 인해 결제할 카드값이 250만 원이었는데,
9월에는 99만 원으로 줄었다.

소비단식의 기본 원칙을 반복해서 생각했다. 줄어드는 카드값을 보니 소비단식이 자리를 잡아가는 것이 느껴졌다.

10000 + 2

옷 사지 않기

종이 인형 오리기에서 파워포인트까지

어릴 때부터 옷에 관심이 많았다. 어린 시절 종이 인형을 잘라 옷을 갈아입히고 놀던 아이는 자라서 줄무늬 티만 여섯 개 넘게 가진 어른이 되었다. 마음에 드는 옷은 색깔별로 쟁여야 직성이 풀리곤 했다. 재수생 시절에는 학생도 성인도 아닌 불완전한 상태를 조금이라도 극복하려고 자기 전에 항상 다음 날 입을 옷을 다려놓았다. 고등학교 시절 내내 등교 전날에 교복을 준비해뒀던 것처럼 말이다. 폴로셔츠나 티셔츠도 다려서 문 앞에 걸어두어야 안심하고 잠들 수 있었다.

지금도 아침마다 뭘 입을지 고민하는 것이 스트레스다. 입을 옷이 없으면 속된 말로 '멘붕'에 빠진다. 매일 같은 옷을 입는 일은 견딜 수 없다. 소비단식 기간에는 꼭 필요한 속옷이나 양말 이외에는 사지 말자고 다짐했기에 아침마다 옷을 고르는 스트레스를 줄일 방법이 필요했다.
어떻게 하면 가지고 있는 옷을 이용해 최대한 겹치지 않게 입을 수 있을까? 궁리 끝에 짜낸 방법이 파워포인트 프로그램을 활용하는 것이다. 우선 인터넷에서 내가 가진 옷 혹은 그와 비슷한 옷 사진을 구하거나 직접 찍었다. 그런 뒤 파워포인트로 사진을 불러와 이리저리 조합하기 시작했다. 이렇게 오리고 저렇게 붙여가며 일곱 개에서 여덟 개 정도의 착장을 만들었다.
다음 사진이 준비한 착장으로, 가을 내내 돌려가며 입었다. 이렇게 하니, 아침마다 차오르던 스트레스가 확연히 줄어들었다. 마음에 안 드는 옷을 입고 나갔다가 온종일 새 옷을 사고 싶은 욕망에 시달리는 일도 없어졌다.

더이상 옷을 사지 않기 위해서는

착장을 만들며 깨달은 것이 있다. 옷을 사지 않으려면 옷이 많아야 하는 게 아니라 '적당히' 있어야 했다. 오히려 가진 옷을 정리하는 과정이 필요하다. 그래야 내게 필요한 옷이 보이고 관리가 된다.
옷장을 확인해보니 청바지 열두 벌 중 늘 입는 건 두 벌뿐이었다. 고민하다 일단 잘 안 입는 청바지 두 벌을 정리했다. 최근에는 블라우스를 잘 안 입는데, 일곱 벌이 있었다. 그중 몇 벌을 덜어냈다. 2년간 단 한 번도 입지 않은 치마들도 모두 정리해서 재활용 통에 넣었다.
옷장을 비우니 머릿속도 조금 개운해진 것 같았다. 버리기 아까운 것들은 일단 잘 접어 가방에 넣어두었다. 올겨울까지도 안 꺼내 입으면 모두 정리할 예정이다. 너무 많은 선택지는 오히려 선택을 어렵게 한다는 간단한 진리를 몸소 깨닫게 되었다.

파워포인트로 만든 가을 착장.

막상 정리하고 보니 한 계절에 입는 옷이 몇 벌 되지 않았다.

얼마 전, 청바지를 만드는 데는 엄청난 환경적인 대가가 뒤따른다는 기사를 보았다. 꼭 필요한 물건만 사는 것이 환경에 도움이 된다고 믿는다. 지금 내가 할 수 있는 최선을 다하기로 마음을 정리한다. 소비단식을 마칠 때까지 옷은 되도록 사지 않기. 그리고 필요하지 않은 옷은 나누기. 지금 내가 할 수 있는 최선의 노력이다.

쇼핑을 하지 않기 위해 필요한 것?
더 많은 옷 (X), 적당한 양의 옷(O)

발견 노트

 # 옷장 정리하는 팁

나는 우선 2주 정도 매일 내 착장을 사진으로 남겨뒀다. 사진을 확인해보면 생각보다 적은 수의 옷을 돌려 입고 있다는 것을 알게 된다. 자주 입은 옷을 제외한 그 계절의 옷들은 모두 꺼내서 당장 다음주에 입을 수 있는 옷과 그렇지 않은 옷을 구분했다. 당장 입을 수 없는 옷(사이즈가 안 맞거나 다른 옷과 맞춰 입기 어려운 옷 등)일 경우, 일주일간 묵혔다. 당장 덜어내면 좋겠지만 그게 조금 어려워서 일주일 정도 가방에 넣어두고 고민하는 시간을 가졌다.

일주일이 지났는데도 가방에서 옷을 꺼내지 않았다면 바로 기부하거나 정리했다. 고가의 옷은 특히 정리하기 어려웠는데, 이런 경우에는 고민 기간을 일주일이 아니라 한 계절로 잡았다. 계절이 끝날 때까지 옷가방에 넣어두었다가 정말 안 입으면 정리했다.

한 계절에 두 번 이 과정을 하면 내가 입는 옷이 무엇인지 알 수 있다. 한 번에 모든 옷을 정리하지 않고, 이렇게 1년 동안 천천히 정리했다. 내게 정말 필요한 옷이 무엇인지 알 수 있었고, 속옷이나 양말 등 꼭 필요한 옷 이외에는 사지 않을 수 있었다. 내게 어떤 옷이 정말 필요한지 생각해본다면 옷장은 더 가벼워질 수 있다.

10000 + 3

스타벅스 끊기

안녕, 그동안 고마웠어요

더이상 스타벅스에 가지 않기로 했다. 스타벅스를 애용한 지 20년 가까이 되었다. 처음 맛본 건 고등학교 2학년 때. 이화여대 앞에 스타벅스가 생겼는데, 그만큼 고소한 카페라테는 처음 맛본데다 그동안 경험해보지 못한 분위기에 매료되고 말았다. 그 후 나는 스타벅스의 골드레벨 충성 고객이 되었다.

스타벅스 매장에 흐르는 음악과 분위기, 조명, 그리고 친절한 직원들이 좋았다. 아침에 베이글과 크림치즈, 오늘의 커피를 한 잔 놓고 앉아 있으면 근심 걱정이 모두 사라지는 것 같았다. 원두의 나라인 케냐(케냐는 대표적인 원두 생산지 중 하나다)에 머물 때도, 한국에 가면 가장 가고 싶은 곳은 스타벅스였다. 커피 한잔은 삶의 활력소가 되는 소소한 소비라고 생각해서 특별히 줄이지 않았다. '커피값을 줄여라'라는 재테크 팁을 보면

'이 커피 마시고 더 열심히 일해서 돈을 벌겠어!'라고 생각한 적도 있었다. 하지만 카드값을 받아들고 자세히 살펴보니 내가 한 달에 많게는 몇십만 원을 커피값으로 쓰고 있었다. 주말에 아이와 함께 스타벅스에 가서 브런치를 시키면 몇만 원은 훌쩍 넘기는데 사실 아이는 그렇게 좋아하지 않는다. 내가 좋아서 가는 곳이다.

그간 많은 위로와 기쁨이 되었지만, 이제는 이별을 고할 때가 왔다. 끊지 않고서는 소비가 더 줄어들 것 같지 않았다.

내게 스타벅스는 소비를 여는 열쇠

발길을 끊자 카드값이 그간 스타벅스에서 쓰던 금액보다도 더 줄었다. 그곳에서 나는 굳이 마시지 않아도 되는 커피를 습관처럼 마시면서, 나도 모르는 새에 휴대폰으로 다른 무언가를 결제하고 있었다. 내게 스타벅스는 소비를 여는 열쇠였던 것이다. 스타벅스에 쓰는 돈을 몇만 원 이내로 줄여보려는 시도도 했지만, 계속 실패했다. 나에게는 줄이는 것보다 끊는 게 더 맞았다. 줄이려면 더 강한 의지가 필요한 것 같다. 스타벅스 카드에 남은 약간의 돈은 누군가를 만나 피치 못할 사정으로 갈 때 사용하기 위해 남겨뒀다. 집에 커피믹스와 원두가 있다. 집중이 잘 안 되기는 하지만 집에서도 커피 마시며 글을 쓸 수 있다. 혹시 너무너무 바깥 커피가 마시고 싶어도 스타벅스는 안 갈 것이다. 다시 별을 모으고 싶어질 테니까.

그동안 스타벅스에서 읽은 책만 수백 권, 써낸 보고서와 논문도 수십 편은 될 것이다. 그곳에서 친구들과 만나 나눈 이야기가 얼마나 많은지 모르겠다. 종로 2가 안쪽에 있던, 지금은 없어진 2층짜리 커다란 매장에서 친구와 만나 목이 아프도록 수

다를 떨던 날이 생각난다. 눈발이 휘날리던 유리창 밖을 내다보며 나누던 이야기들이 아직 남아 나를 이루고 있다.
고마웠어요, 스타벅스. 그동안 정말 행복했어요. 언젠가 내가 합리적인 소비를 할 수 있는 사람이 되면 돌아올게요. 그때까지 늘 번창하고 건승하길 바랍니다. 안녕.

마지막 별 쿠폰으로 사 먹은 토피넛라테

스타벅스가 다른 소비를 여는 열쇠라는 걸 깨달았다.
힘들지만 끊기로 했다.

10000 + 4

쇼핑앱 중독에서 벗어나기

내일 당장 쿠팡이 오지 않아도 괜찮아

아침에 문을 열면 택배 상자가 산더미처럼 쌓여 있었다. 아빠는 진지하게 내가 쇼핑 중독 아니냐고 엄마에게 조심스레 물었다고 한다. 나는 하루에도 몇 번씩 쇼핑앱들을 열어서 쉴 새 없이 무언가를 주문하곤 했다.

아이가 쓰는 플레이도(아이들이 갖고 노는 점토 브랜드)가 떨어지면 큰일날 것 같았다. 식용유가 없으면 요리를 아예 못 할 것 같았다. 비타민도 늘 여유분이 있어야 할 것 같았다. 산더미 같이 쌓인 택배를 뜯어 안에 든 각종 충전재들을 정리한다. 박스가 수북이 쌓인다. 그러고 난 뒤 또 종일 앱을 열고 닫으며 수 없이 많은 '꼭 필요한 물건들'을 주문한다. 그 물건들은 모두 내게 '내일 당장' 필요한 물건들이었다. 그렇다고 생각했다.

사람 많고 시끄러운 곳에 가는 게 너무 힘들어서 마트를 피하다 보니 쇼핑앱을 주로 사용하게 됐는데, 그 편리함과 속도에 점차 중독되어갔다. 특별히 필요한 게 없어도 밤에 누워서 뭔가 살 게 없나 하며 앱을 뒤적였고, 장바구니에 담은 것은 바로 결제했다. 아이가 사달라고 한 적 없는데 휴대폰을 들이밀며 "이거 사줄까?" 하고 물어보고는 아이가 고개를 끄덕이면 "그렇지? 필요하지?" 하며 냉큼 결제한다. 그러고는 다음 날 "이거 봐, 어때?" 하고 호들갑을 떤다. 아이는 힐끔 보고는 시큰둥하게 자기 하던 놀이를 이어간다.
특히 아이가 쓰는 물건은 사서 수북하게 쌓아두어야 마음이 놓였다. 물건이 몇 개 남았는지 확인하고 쇼핑하는 게 중요한 일과였다. 출산 후 기저귀와 분유를 주문할 때부터 이용하기 시작한 쿠팡, 아이를 낳은 뒤 마트 가기가 너무 어려워 이용하기 시작한 쓱배송, 아이 건강을 위해 유기농 식재료를 구입하다 보니 애용하게 된 마켓컬리, 아이 옷이나 신발, 여러 가지 가구들을 비롯해 가전을 구매하는 네이버까지. 정말 하루에도 몇 번이나 들어가서 검색하고 장바구니에 담았는지 모르겠다.

소비단식을 시작한 뒤에도 이런 쇼핑앱 사용을 줄이는 건 참 어려웠다. 실제로 소비단식으로 제일 먼저 줄인 것은 외식, 내가 입는 옷, 책, 화장품 등이었다. 내가 쓰던 것들을 줄여가는 것도 너무 어려웠지만, 아이 물건을 비롯해 식재료 등의 생필품(이라고 생각했던 것)을 줄이는 것은 더욱 어려웠다. 처음에는 생필품 목록을 적어보기도 했는데 자꾸만 목록에 물건이 추가돼서 별 효과가 없었다.

쇼핑앱 이용이 줄어든 계기는 아주 단순하다. 가까운 슈퍼나 시장에 방문해 필요한 물건만 구입하기 시작한 것이다. 소비단식 초반에는 일주일에 한 번만 장을 보기로 규칙을 정했지만 지키기가 쉽지 않았다. 그래서 고민한 결과물이 '하루에 만 원' 제도다. 말 그대로 하루에 만 원만 쓰도록 예산을 정해두는 것이다. 일주일 내내 쓰지 않으면 주말에 7만 원 어치의 장을 볼 수 있다. 이렇게 정해둔 뒤로는 항상 주머니에 만 원 짜리 한 장을 넣고 다녔다. (조금 익숙해진 이후에는 한 달에 30만 원이라는 예산을 세우고 움직였다.)

주머니에 있는 만 원으로 아이 하원길에 동네에 있는 작은 슈퍼에서 당장 필요한 식재료만 조금씩 사 왔다. 작은 슈퍼는 물건이 몇백 원 더 비싸지만 커다란 마트처럼 정신을 홀랑 빼앗지 않아 훨씬 마음 편히 장을 볼 수 있었다. 남은 동전으로 아이는 뽑기도 하고 꽈배기도 사 먹는다. 아이와 함께 가기 때문에 내가 들 수 있을 만큼만 사지 않으면 집으로 돌아올 수 없다. 장바구니에 담길 정도로만 물건을 샀다. 쇼핑앱 사용이 점차 줄어들기 시작했다. 나는 스스로에게 계속 되뇌었다.

"내일 당장 없다고 죽는 건 없다."

종종 위기는 찾아왔다. 아이가 발레를 시작했을 때는 앱을 열어 발레복 검색을 하고 신이 나서 결제하기 직전에야 정신을 차릴 수 있었다. 당장 내일 발레복이 필요한 게 아니라 3주 넘게 시간이 있었다. 같은 아파트에 사는 친한 언니에게 혹시 딸이 입던 발레복을 빌려줄 수 있는지 물었다. 언니는 아주 흔쾌히 이제 작아서 입지 못하는 발레복 두 벌을 나눠줬다. 고마운 마음에 이것저것 아이 간식을 챙겨 가져다주었다.

조금씩 변화가 생기고 있다.
이마트 앱 VIP회원에서 일반회원으로 등급이 낮아졌다.
네이버 쇼핑에서도 일반회원으로 강등되었다.
쿠팡 와우 월회비 결제를 취소했다.
마켓컬리 회원 등급도 낮아졌다.

나는 자유로워지고 있다.

쇼핑앱 중독에서 벗어나고 있다.
내일 당장 물건이 부족해서 죽는 일은 없다.

발견 노트

 # 카페 가는 횟수와 비용을 줄이기 위해서

도서관을 적극 활용했다. 집 근처에 작고 아담한 도서관이 있다. 열람실에서는 노트북을 사용할 수 있다. 아이를 어린이집에 데려다준 뒤, 나는 집에서 내린 커피를 텀블러에 담아 도서관으로 향했다. 좋아하는 책이 가득한 공간이다. 가져온 커피를 다 마시면 챙겨 온 인스턴트 커피도 한 잔 타서 마셨다. 카페에 가지 않고도 충분히 꽉 찬 시간을 보낼 수 있었다. 결국 소비는 내 마음을 채우기 위한 것이었다. 책과 오롯이 보내는 고요한 시간, 그리고 글 쓰는 시간이 내 마음을 채우니 다른 것들이 필요하지 않았다.

소비단식이 쓰레기를 줄인다

앱 중독에서 벗어나고 있다. 집 앞에 산더미같이 쌓였던 택배 박스들도 사라졌다. 택배를 뜯는 일은 10퍼센트 정도의 기쁨과 90퍼센트 정도의 허무함을 가져온다. 잔뜩 쌓인 박스들을 보면 더욱 그렇다. 박스가 없다는 것, 아이스팩이나 스티로폼이 없다는 것만으로도 정신 건강이 좋아지는 것 같았다.

직접 장을 보다 보면 자연스럽게 장바구니를 들게 된다. 동네 슈퍼에서는 비닐 포장이 되지 않은 채소와 과일을 살 수 있다. 동네 정육점은 가져간 용기에 고기를 담아준다. '이러다 나도 제로웨이스트(생활 속에서 쓰레기를 최소화하는 사회운동) 실천하는 거 아니야?' 하고 혼자 김칫국을 마시기도 한다. 그래도 확실한 건 조금이나마 비닐 사용이 줄었고, 스티로폼도 거의 나오지 않는다는 것. 소비단식이 불러온 기분 좋은 변화다. 앞으로도 더 지구와 나 모두에게 좋은 건강한 경험을 하고 싶다.

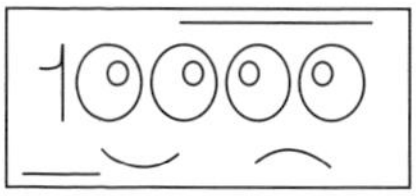

+ 5

책 정리하기

책을 팔아 떡볶이를 사 먹었다

유태인들은 옷을 팔아 책을 산다고 한다. 책이 의식주보다 더 중요하다는 가치관을 엿볼 수 있다. 하지만 소비단식을 하는 나는 반대로 책을 팔아 떡볶이도 사 먹고 빵도 사 먹는다.

집에 TV가 없는 대신 책은 양껏 사주셨던 부모님 덕에 어릴 때부터 책벌레로 자랐다. 내향적인 성향과 집안 분위기가 잘 맞아떨어져 친구들이랑 노는 것보다 독서를 좋아하는 아이가 되었다. 고등학교 때는 헌책방을 다니며 책을 모았다. 결혼해서는 책을 좋아하는 남편과 함께 더 많은 책을 사 모았다. 성공 여부와 무관하게 주기적으로 미니멀 라이프를 시도하며 가진 책을 중고서점에 팔기도 했지만 결국 그 돈으로 다시 책을 사오곤 했다.

나는 쇼핑으로 스트레스를 풀어왔고, 책도 주요 쇼핑 품목 중

하나였다. 금액보다는 구입 횟수가 많은 게 문제였다. 매월 주요 온라인 서점의 VIP 등급을 유지할 정도였다. 책에는 돈을 써도 죄책감이 덜했다. "원래 읽을 책을 사는 게 아니라 산 책 중에 읽는 것"이라는 말로 합리화를 하며 읽지도 않는 책들을 잔뜩 쌓아뒀다.

그런데, 언젠가부터 그 책들이 스트레스로 다가왔다. '아, 저것도 읽어야 하는데… 이것도 읽어야 하는데' 하면서 말이다. 보통 책을 읽다 보면 다른 책에도 관심이 가 연쇄적으로 사게 된다. 그러다 보니 일주일에 한두 번씩 택배로 받은 책들이 쌓이고 쌓였다. 세월이 아무리 지나도 읽을 것 같지 않은 책들이 잔뜩이었다.
조금 더 마음을 굳게 먹고 중고 책방에 책을 팔기 시작했다. 책을 백팩에 가득 넣고 버스를 탔다. 조금만 긴장을 늦추면 몸이 뒤로 넘어갈 듯 가방이 무거웠다. 그간 내가 저지른 소비의 무게였다. 대부분이 새책이었고, 나는 펼침 자국도 내지 않고 읽는 편이라 모두 최상급 판정을 받았다. 책을 팔고 현금 몇만 원을 손에 쥔 채 집으로 돌아왔다. 떡볶이를 배달시켰다. 엄마가 누구는 옷 팔아 책 산다는데 너는 책 팔아 떡볶이 먹냐며 웃었다. 이날 이후로 책을 사는 데 한층 더 신중해졌다. 도서관에서 빌리거나 일정 구독료를 내면 마음껏 책을 볼 수 있는 서비스(yes24북클럽, 리디북스, 밀리의 서재 등)를 활용한다. 무엇보다, 나는 이미 쌓아둔 책이 많다.

소비단식이 '책은 사지도, 보지도 마!'라고 강요하는 도전은 절대 아니다. 단지 나는 책을 사는 행위를 읽는 행위보다 더 좋아했고, 그런 나를 알게 된 것이다. 나의 습관을 바꾸고 싶어서 욕심으로 쌓아올린 책을 무너뜨리고 떡볶이와 바꿨다. 물론 여전히 읽고 싶은 책을 잠자리 곁에 잔뜩 둔다. 아이가 잠들고 나면 독서등을 켠다. 메모도 안 하고 그냥 읽는다. 구매의 감각이 아닌, 읽는 것 그 자체로 좋은 순수한 감각을 회복한다. 조금씩 비워지는 책장을 보면 머릿속도 맑아지는 듯하다. 다 읽고 나서 판매가 가능한 책은 판다. 소장하고 싶은 책은 억지로 팔지 않고 보관하거나 친구와 나눠 읽는다. 내가 바라는 정도까지 책장이 말끔해지려면 아마 시간이 더 걸릴 것이다. 정말 좋아하는 몇 가지 책으로 단출한 책장을 이룬다면 그때는 마음이 더 편안해지지 않을까.

'책 사는 사람'에서 '책 읽는 사람'으로 돌아오는 길에 나는 서 있다.

10000 + 6

식비 줄이기

가진 것에 감사하기

요리하는 것도, 요리책 읽는 것도 정말 좋아한다. 어릴 때는 엄마가 결혼할 때 혼수로 해 온 열 권짜리 빨간색 요리책 전집을 읽고 또 읽었을 정도였다. 마트에 장을 보러 가서 새로 나온 음식과 과일을 사서 맛보는 것이 크나큰 즐거움이었다. 서울의 온갖 맛집과 카페를 섭렵했다. 친구들은 데이트하기 전에 늘 나에게 어디가 좋냐고 묻곤 했다.

당시 살던 신혼집 근처에는 유명한 고급 슈퍼마켓이 한 곳 있었는데, 요리책이나 외국 잡지에서 보던 비싼 식재료들이 한가득 있었다. 세상 친절한 슈퍼의 서비스가 나를 한껏 기분 좋게 만들었고, 새로운 식재료에 눈을 뜬 나는 돈을 탕진하기 시작했다. 봉골레 파스타를 만드는 모시조개가 그렇게 비싼 줄 처음 알았고, 세상에 그렇게나 다양한 버터와 치즈가 있는 줄 몰랐다. 우유, 주스, 탄산수, 맥주, 와인, 햄 등 이루 말할 수 없이 다양한 식재료 속에서 나는 춤을 췄다. 카드값은 정신없이 올라갔다. 그 끝은 결국 카드 리볼빙으로 마무리되었다.
결혼 후에는 대학원 공부에 집중할 생각이었으나 이렇게 불어난 카드값을 책임지기 위해 직장을 구했다. 집과 남편의 회사 중간쯤에 내가 다니는 직장이 있어서 퇴근하는 남편과 자주 외식을 하고 집으로 돌아갔다. 직장 근처에는 맛집이 많이 있어 온갖 유명한 곳들을 섭렵했다. 내 수입은 거의 백 퍼센트 밥값으로 나갔다. 출산 후에도 비슷했다. 아이를 데리고 장 보러 가는 건 너무 힘든데, 먹고 싶은 건 너무 많았다. 온라인으로 탄산수와 치즈, 생크림, 각종 빵과 고기, 아이를 위한 유기농 식재료를 주문했다. 모유 수유를 해서 밥을 잘 챙겨 먹어야 했는데, 출산 후 입맛이 변했는지 집에서 먹던 반찬이 입에 안 맞았다. 비싸지만 맛있는 반찬가게들이 인근에 있었다. 우울증으로 기력이 없던 때라 가게를 이용하는 게 정신 건강에 이롭긴 했지만, 조금만 담아도 몇만 원을 훌쩍 넘었다.
미처 몰랐다. 내가 먹는 데에 그렇게나 많은 돈을 쓰면서 살아왔을 줄이야. 한 번 장을 보면 10만 원은 우스웠고, 일주일에 한 번 장을 보았으므로 한 달에 쓰는 돈이 40만 원을 웃돌았다. 아이와 오며 가며 간식 사 먹는 비용과 종종 시켜 먹는 비용까지 더하면 식비는 아주 가뿐히 100만 원에 다다랐다.

이제는 식비를 줄여야 할 시간이다. 코로나 때문에 어린이집 휴원이 길어졌다. 아이와 종일 붙어 있으면 먹고 싶은 게 유난히 많이 생긴다. 하도 배달 음식을 먹고 집에만 있었더니 몸무게가 5킬로그램이나 늘었다. '떡볶이 먹고 싶다, 짜장면 먹고 싶다'

생각이 둥실거린다. 광화문에 있는 폴앤폴리나의 바게트를 하나 사다 먹으면 소원이 없을 것 같다. 조금 뻔하지만 그럴 때마다 내가 하는 루틴이 몇 가지 있다.

글을 쓴다.

체중계에 올라간다.

통장 잔고를 확인한다.

이렇게 하면 충동적으로 식재료를 구입하거나 음식을 시킬 마음이 줄어들었다. 시댁과 친정, 그리고 누군가가 보내주는 채소와 반찬들에 감사하며 그것들을 먹다 보면 식비가 절약된다. 특별히 냉장고를 파먹어야겠다는 생각을 하지 않더라도 '오늘 뭐 먹지?'라는 고민에 당장 장 볼 생각부터 하는 게 아니라 냉장고와 찬장을 먼저 떠올려야 한다. 밑반찬보다는 따뜻한 한 그릇 음식을 좋아하는 나에게 새로운 식재료로 요리를 만드는 것은 너무나도 큰 기쁨이다. 하지만 그 기쁨이 카드값과 빚이 주는 고통을 대신해줄 수는 없다.

현재 가진 것에 만족하고 감사하기. 기본적이지만 정말 어려운 일이다. 마음이 충만하다면 공허함을 채우기 위해 카드를 긁는 일은 없을 것이다. 지금 냉장고에 있는 식재료에 감사하고 나의 찬장에 고마워하는 삶. 그것이 가장 중요하다는 걸 이제야 조금 알 것 같다. 냉장고뿐 아니라 옷장이나 책장도, 그러니까 어떤 상황이든 마찬가지다. 어떤 인생의 원리는 너무도 단순해서 깨닫고 실천하기 어렵다.

식비 줄이기는 여전히 현재 진행형이다.
단순히 빚이나 카드값 해결을 위해서가 아니라,
남들에게 보여주기 위해 혹은 공허한 속을 채우기 위해
소비하는 습관을 없애고 싶다.

10000 + 7

글쓰기

돈 쓰고 싶을 때 글을 쓴 이야기

소설 『소공녀』의 주인공 세라는 아버지가 세상을 떠나자 다락방에 살며 다니던 학교에서 일하는 신세가 된다. 아버지가 죽기 전에는 유복한 생활을 했던 세라는 어려움이 닥칠 때면 특유의 상상력을 발휘해 위기를 극복하고 본래의 자신을 잊지 않으려 노력한다. 어릴 적, 그 이야기가 너무도 맘에 든 나는 자기 전에 작은 이불에 누워 세라처럼 상상의 나래를 펼치곤 했다. 글쓰기에 재미를 붙인 후로는 많은 상상을 글로 옮겼다.

소비단식을 한 뒤로는 너무 갖고 싶은 것이 있을 때면 글을 썼다. 코트를 사고 싶으면 그림까지 곁들여서 묘사하며 상상해보기도 했다. 그러고는 코트를 가지고 싶은 이유를 최대한 자세히 파고들며 '왜?'라는 질문을 많이 던졌다. '왜 지금 내게 이 코트가 필요한가? 왜 나는 이 목걸이가 가지고 싶을까? 왜 지금 꼭

이 떡을 사야 하는가?'
그렇게 파고들다 보면 많은 경우 '꼭 필요해서'가 아닌 다른 이유가 있었다. 이번 주에 부자 친구를 만나니 있어 보이고 싶다거나, 나이를 먹으면 고급 목걸이 하나쯤은 있어야 한다는 블로그 글을 봤다거나, 유행하는 떡을 사서 인스타그램에 인증하고 싶다거나 하는 식으로. 글을 쓰다 보면 나의 현재 마음을 확인할 수 있었고, 자연스레 소비 욕구가 사라졌다. (물론 그 욕구가 변치 않고 남아 통장 잔고가 줄어들 때도 있었다.)

이렇게 쓴 글들을 어딘가에 남겨두고 싶었고 누군가에게 응원받고 싶었다. 너무 부끄러워서 엄마에게도 말 못 한, 카드값이 500만 원 나왔다는 이야기를 누군가에게 털어놓고 격려받고 싶었다. 그렇게 쓴 글들이 바로 이 소비단식 일기이다. 소비단식을 처음 제안한 책 『나는 빚을 다 갚았다』의 작가도 꼭 SNS에 글을 올리고 함께하는 사람들을 만들라고 조언한다. 나도 이 일기를 온라인에 올리며, 소비단식을 이어갈 힘을 얻었다.
소비단식에 도전한다면 자신이 편하게 이용하는 플랫폼에 그 여정을 간단하게나마 기록하길 추천한다. 혼자서라면 완주하기 어려운 길이지만 함께하면 끝까지 갈 수 있을 것이다.

10000 + 8

소소한 소비의 기쁨과 위험

올해는 다이어리를 사지 않기로 했다

20년 넘게 매년 사던 다이어리를 올해는 사지 않기로 했다. 매년 11월이 되면 서점의 문구 코너에는 고운 색의 다이어리들이 진열되고는 한다. 어느 해에는 온라인 서점에서 1+1 행사를 하기에 마음에 드는 걸 사서 하나는 독서용, 하나는 일상용으로 쓴 적도 있다. 일정 금액 이상 구매하면 다이어리를 준다기에 몇 번이고 끊어 결제해서 총 세 개의 다이어리를 받은 적도 있다. 그런데 그렇게 다이어리를 사고도 여름이 오면 쓰던 것이 질린다는 이유로 만년 다이어리를 새로 사곤 했다. 당연히 전에 쓰던 다이어리는 버림받는다. 그뿐인가, 스타벅스를 사랑하는 내가 프리퀀시를 모으는 것은 일도 아니었다. 스타벅스 다이어리는 매년 두세 개씩 받아 주변에 선물하고는 했다.
최근에 방을 정리하다가 3분의 1도 다 사용하지 못한 다이어리와 플래너가 여럿 나와 반성했다. 시간이 지나 못 쓰는 건 버리고 아직 쓸 수 있는 것들은 챙겼다. 앞으로는 휴대폰 달력과 남은 노트를 활용하기로 했다. 휴대폰이 보관도 쉽고 알림 기능도 쓸 수 있어 편리한데 이렇게나 다이어리를 많이 샀다니. 나는 정말 필요해서 다이어리를 산 걸까?

아니, 나는 매년 다이어리를 사는 것 자체가 즐거웠다

그렇다. 어떤 다이어리를 살까 고르는 것 자체가 행복했다. 서점에서 달콤한 음악을 들으며 이런저런 다이어리를 펼쳐보고, 온 김에 새 펜도 예쁜 걸로 하나 사고, 스티커와 마스킹테이프도 고르는 것이 큰 기쁨이었다. 물론 그러고 나면 결제할 금액이 6만 원은 훌쩍 넘어가 흠칫 놀라고는 했지만, '1년으로 나누면 매달 6천 원꼴이니 그 정도는 커피 한 잔 안 마시면 되지' 하고 넘어가며 합리화했다.

부자들은 '곱하기'로 생각한다는 말을 들은 적 있다. 그 방식대로라면 매년 6만 원에 불과한 돈일지라도 10년이면 60만 원이고, 20년이면 100만 원도 더 된다. 물론 누군가에게는 그 돈을 쓸 만큼의 가치가 있을 것이다. 나도 다이어리 하나만 이런 식으로 산다면 괜찮을 것 같다. 그러나 문제는 내가 필요하지 않은 것들을 구매할 때 이런 사고방식을 구사한다는 것이다. (이런 식으로 몇 번 쓰지도 않을 라벨기나 코트도 샀다. 그것도 할부로.)

꼭 필요하지 않은 습관적으로 구매하고 있는 것들이 무엇인지 적어봤다.

- 스티커, 포스트잇(특히 스누피): '이 정도면 사도 되지'라며 사 모은 스티커가 박스 한가득이다. 다이소만 가면 정신을 못 차린다.
- 계절마다 하나씩 산 에코백: 안 사려고 노력하는데 1년에 두 개씩은 사는 것 같다.
- 여름 티셔츠: 그 해 유행하는 티셔츠를 서너 벌 산다. 다른 계절 옷에 비해 저렴하니 죄책감도 덜하다.

스티커들. 이만큼이 한 박스 더 있다.
그만 사자, 그만!

양심이 있다면
에코백은 정말 그만 사야 한다.

정리하고 보니 공통점이 보인다. 1. 가격이 비싸지 않다. 엄청 비싸지 않으니 사는 데 고민이 없다. 2. 예쁘다. 매해, 매 시즌 새로운 상품들이 나오고 다 예쁘다. 3. 자주 사용하는 것들이라 구입하면 당장 사용한다. (물론 예전에 쓰던 것은 어딘가에 넣어두게 된다.) 4. 지갑을 쉽게 여는 '소소하고 확실한 행복'을 주는 물건들로, 구입하면 금방 기분이 즐거워진다. 그렇지만 이런 것들이 쌓이고 쌓이면 큰 카드값이 된다. 소소한 기쁨들이 큰 카드값으로 돌아오는 것이다.

소소한 소비 기쁨이 큰 카드값으로 돌아온다

먹는 데에 기껏해야 천 원, 5천 원씩 쓰는 것 같은데 카드값은 1억쯤 되는 것 같다는 글을 인터넷에서 본 적이 있다. 나만 그런 게 아니라니 내심 반갑기도 하다. 저축은 해도 해도 티끌 모아 티끌인 것 같은데 쓴 돈은 티끌 모아 태산이 된다. 싸고 자주 사용하는 물건을 구매할 때 다시 한번 생각하는 과정이 필요하다. 하지만 스타벅스 커피도 끊은 마당에 기쁨을 주는 소소한 소비를 그만두자니 대안이 필요했다.

앞으로는 그런 기쁨이 꼭 필요할 때면, 교보문고 대신 다이소에 가려고 한다. 사실 소비단식을 하며 문구류를 몇만 원씩 사는 일은 자연스레 줄었다. 당장 수중에 가진 돈이 많이 없기도 했고, '이 돈이면 다음주에 장을 한 번 보겠네' 하는 마음도 들었기 때문이다.

이 글을 읽은 분들은 내가 문구 구입 같은 소소한 기쁨을 주는 소비를 앞으로 절대 하지 않겠다는 다짐은 하지 않았다는 것을 눈치챘을지도 모른다. 소비단식을 통해 이미 가지고 있는 노트와 다이어리들을 다 사용하고 안정적인 소비와 저축을 하게 되면 예산을 정해 그 안에서 예쁜 다이어리를 살 것이다.

지금 내게 필요한 것은 다이어리와 스티커를 사는 데서 오는 기쁨이 아니라 줄어가는 대출금과 카드값에서 오는 안도감이다. 카드값을 외면한 채 마구 소비하던 나는 눈을 감고 벼랑길을 걷는 사람처럼 아찔하고 위태로웠다. 지금은 다행히 한 계단씩 천천히 아래로 내려오고 있다. 언젠가는 이 산을 내려가 맑은 시냇물이 흐르는 들판을 마음 편히 걷고 싶다.

다이어리를 사지 않았다.
지금 내게 필요한 건 소소한 기쁨을 주는 소비가 아니라
줄어가는 대출금과 카드값이 주는 안도감이다.

10000 + 9

자기계발 비용

자기계발 중독자의 최후

"자신에게 투자하세요." 이삼십 대를 범람하는 자기계발 책들과 함께 열정적으로 보냈다. 소파에 앉아 멍 때리는 한 사람에 불과하면서도, 어째서인지 나는 오늘도 다양한 자기계발 상품들의 유혹을 떨쳐버리기 어렵다. 한편으론, 다가올 불확실한 미래를 위해 새로운 기술을 익히고 끊임없이 배워야 한다는 열정적인 강사들의 외침이 피곤하다. 취업난, 불황, 금융 위기 등을 겪은 사람들이 자신을 채찍질하고 몰아세우며 스스로를 앞으로 떠밀더니, 결국 피폐해지고 번아웃을 겪었다. 그러자 이제는 책들이 쉬어 가라고, 멈추라고, 하고 싶은 일만 하라고 이야기한다.

서점에 가면, "위기다! 살아남자!"라고 외치는 자기계발 도서 코너와 "쉬세요. 누워 있으세요. 열심히 살지 마세요"라고 속삭

이는 에세이 코너의 온도 차가 분명하다. 나는 두 곳 모두에 마음이 끌린다.

불안은 소비를 불러온다

작년에는 고시생들이 듣는다는 몇십만 원짜리 영어 강의를 결제했다. 파이썬 데이터 마이닝 강의도 신청했다. 문제는 결제하고 앞부분만 조금 듣는다는 것이다. 지난 봄에는 PDF로 책을 만들어 팔아 돈 번다는 강의를 두 개나 결제하고 후회했지만, 이미 20만 원도 넘게 사용한 뒤였다.

근 10년간, 대학원을 다니면서는 지적 유희를 위한 책은 사치처럼 느껴져 자기계발 책을 엄청나게 사서 읽었다. 불안이 밀려오면 서점에서 책을 잔뜩 사거나 온라인 강의를 결제하는 내 모습. 나는 무언가를 배우는 것으로 불안을 극복하려고 했던 것 같다. 그 불안이 어디에서 온 것인지를 찾다 보면 결국 '나는 왜 지금 돈을 못 벌고 있는가?'라는 질문에 도달하곤 했다. 경제활동을 하지 않으면 잉여 인생이라는 생각이 내 마음 기저에 있는 것이다. 이상과 현실의 괴리가 계속되면 마음에 병이 찾아온다. 현실을 받아들이는 것, 지금 여기를 인지하고 받아들이는 것은 심리적으로 매우 중요하다.

'지금 여기here and now'는 독일의 정신과 의사인 프리츠 펄스가 창시한 게슈탈트 심리치료의 가장 중요한 개념 중 하나다. 우리는 우리가 진짜 무엇을 원하는지, 그 욕구에 어떻게 대응할지 모를 때가 많다. 자신의 욕구를 파악하기 어려운 내적 · 외적 상황에 놓여 있기 때문이다. 외부 자극에 사회적으로 혹은 관습적으로 대응하다 보면 결국에는 자신의 욕구를 파악하고 행동하기가 어려워진다. 그래서 지금 여기, 즉 현재에 집중하며 다시 한번 마음을 들여다보는 연습이 필요하다. 그렇다면 나는 현재에 집중하며 살았을까?

나는 현재를 살지 않았다

늘 현재에 집중하지 않았다. 지금은 잠시 거쳐가는 과정이라고 생각했다. 현재 내가 하는 일, 내 주변 사람들에 집중하지 않았다. 무지개를 바라보듯, 이상을 꿈꾸며 살았다. 아직도 기억나는 한 장면이 있다.

대학 시절, 이집트에 한 달 반 정도 머문 적이 있다. 모기장도 에어컨도 없는 낡은 호텔, 모기와 벼룩에 물려 한쪽 팔이 퉁퉁 부어오르던 그 더위 속에서 내가 침대에 앉아 한 일을 생각하면 지금도 황당하다.

나는 영국에서 어학연수를 하던 중 아랍어를 배우려고 잠시 이집트에 간 것이었고, 6개월 뒤에는 한국에 돌아갈 예정이었다. 그 당시 고민은 아랍어나 이집트 생활에 대한 것이 아니라 6개월 뒤 한국에서 할 일에 대한 것이었다. 나는 한국에 돌아가고 나서 가입할 예정인 동아리와 이미 가입되어 있던 동아리 중 어디에 더 비중을 두고 활동해야 할지를 고민했던 것이다. 그것도 아주 심각하게 다이어리에 표까지 그려가면서. 옆 침대를 사용하던 한국인 언니가 내 고민을 듣고 지은, 굉장히 어이없어하던 표정이 잊히지 않는다. 그때 나는 이집트가 아닌 6개월 뒤의 한국에 살고 있었기 때문에 매우 진지했다. 그러나 막상 한국에 돌아간 뒤, 나는 그 동아리에 가입하지도 않았고 가입되어 있던 동아리도 열심히 하지 않았다.

그렇게 현재가 아닌 미래를 바라보며 달려가는 나는 늘 불안을 안고 살아왔다. 현재 내 모습이 꿈꾸던 이상과 달랐기 때문이다. 이러한 차이는 상당한 스트레스가 되었다. 늘 꿈을 꾸기만 하는 사람은 그 꿈이 실현되지 않으면 절망하기 마련이다. 그리고 그 과정이 반복되면 아프게 된다. 나처럼.

나는 공상을 잘하는 성향으로, 아주 구체적이고 생생하게 미래를 그리곤 했다. 매년 다이어리를 사면 그곳에 빽빽하게 나의 미래를 그렸다. 국제기구에서 일하는 능력 있고 아름다운 사람이 되어, 멋진 가정을 꾸리고 명품 옷을 입고 명품 가방도 메고 외제차도 타는 것이다. 그런 내가 되고 싶었다. 꿈이 현실이 되지 않는 날은 계속되었고, 내가 그리던 모습을 한 사람들을 만나면 작고 부끄러워졌다. 그러면 나를 과시하고 싶었다.

그동안 내가 결제한 물건과 강의 상당수는 내가 아닌 다른 누군가가 되고 싶어 산 것이었다. 내 소득에 니베아 립밤이면 충분할 것을 열 배 비싼 샤넬 립밤을 쓰면서 부자처럼 보이고 싶어 할 때도 있었다.

꿈이 있는 것, 이루고 싶은 미래가 있는 것은 좋다. 그러나 '매일 살아내는 삶의 합이 내 인생'이라는 말처럼, 내가 살아내는 현재와 순간들이 결국 나의 미래가 되는 것이다. 나는 내가 가지고 있지 않은 능력을 원했고, 그 능력이 있어야만 이룰 수 있는 꿈을 꿨다. 따라가면 멀어지는 무지개처럼, 희미해지는 꿈을 좇으며 절망했다. 내가 가진 것에 집중하지 못했다. 현재 내가 할 수 있는 것, 가진 것, 느끼는 것 모두 무시한 채 달려왔다.

이제야 나는 현실을 직시한다. 아마존에서 물건을 팔아 월 몇백만 원을 버는 꿈이 아니라, 카드값을 줄이고 소비습관을 바꿔야 한다. 쓰다 만 립밤을 모아 사용한다. 나의 통장 잔고와 대출을 늘 염두에 둔다. 읽다 만 책들을 정리하고 듣지 않은 강의를 다시 켜서 듣는다. 하고 싶은 일이 아니라 내가 할 수 있는 일을 찾는다. 두렵고 떨리지만 내게 주어진 현재를 밝은 빛 속에서 바라본다. 부끄럽다고 여긴 내 모습을 바로 본다. 그 누구도 아닌 나 자신이기 위해서.

지금 여기서 내 마음에 집중하자.
소비단식 1년 후에 펼쳐질 빛나는 미래를 꿈꾸지 말자.
그저 소비하지 않으려 애쓰고, 매일 나에게 잘했다고 칭찬하자.
그렇게 현재를 살아가자.

10000 + 10

윤리적 소비

채식 그리고 소비단식

소비단식을 하면 내가 하는 소비에 대해서 계속 생각하게 된다. 나는 이 물건이 왜 필요한가? 이 물건은 어디에서 오는 것인가? 그러다 보면 자연스럽게 환경, 인권 등의 문제를 떠올리게 된다. 즉 소비단식은 '윤리적 소비ethical consumption'와 연결되어 있다.

윤리적 소비란, 생산부터 유통까지 그 모든 과정이 나의 소비와 연결되어 있다는 것을 인식하고 윤리적으로 판단하여 소비하는 것을 가리킨다. 흔히 접할 수 있는 예는 공정무역 커피로, 착취적인 유통 과정을 거부하고 커피 농가와 직거래를 통해 공정한 대가를 지불해 만드는 커피를 뜻한다. 물론 윤리적 소비에 대한 비판도 있고 개선이 필요한 점 또한 논의되고 있지만, 우리가 먹고 마시고 입는 모든 것들이 결코 아름다운 과정을 거치지는 않는다는 것을 아는 일은 무척 중요하다.
물건을 적게 사니 하나를 사더라도 조금은 지구에 덜 해로운 것들을 구입하고 싶었다. 앞서 밝혔듯이 내 지출 중 큰 비중을 차지하는 항목이 바로 식재료다. 특히 아이를 키우다 보면 식재료에 더 민감해진다. '이 재료는 어디에서 왔을까? 환경에 덜 해롭고 우리의 몸에도 좋은 것은 이 많은 물건 중 무엇일까?' 처음엔 이런 고민 끝에 동물복지 달걀을 사고, 콩나물, 우유나 과자도 유기농으로 구입했다. 그러던 어느 날, '행복한 닭이 낳은 달걀', '행복한 젖소의 유기농 우유'라는 표현이 눈에 들어왔다. 묘한 기분이 들었다. 평생 알만 낳는 삶, 죽을 때까지 젖을 짜내는 삶이 행복할까? 자꾸만 질문이 이어졌다.
답을 찾다 보니 공장식 양계, 목축업 등에 대해서 알게 되었다. 몇 권의 관련 책을 읽고 연관된 다큐멘터리 시청을 '시도'해보았다. 시도라고 한 것은 차마 다 보지 못했기 때문이다. 나는 도저히 그 영상들을 끝까지 볼 수 없었다. '동물복지'에 신경쓴다 하더라도 동물이 사람을 위한 식재료가 되기 위한 구조에서 나오는 문제를 바꿀 수는 없다는 것을 깨달았다.

그리고 나는 채식을 하게 되었다. 물론 피치 못할 상황에서는 고기가 들어간 음식을 먹는 플렉시테리언에 가깝지만, 식생활의 90퍼센트 이상을 채식으로 하고 있다. 물론 아이나 가족들을 위해서는 고기가 들어간 요리도 한다. 다만 최대한 동물과 환경을 생각하는 재료를 구하기 위해 애쓴다. 언젠가 그들도 원한다면 나의 채식 생활에 참여하길 바라고 있다.
채식이 반드시 윤리적이라고 단언할 수는 없다. 채식 산업이 가지는 문제와 의문도 제기되고 있기 때문이다. 하지만 아주 조금이라도, 지금 내가 할 수 있는 선에서 덜 해로운 소비를 하고픈 마음이다.

채식을 시작했다.
내가 하는 소비가 되도록 덜 해로우면 좋겠다.

\+ 11

관계와 소비단식

마음을 돈으로 대신할 수 있을까

한 해 동안 아이를 돌봐주신 어린이집 선생님께 감사의 마음을 전하고 싶어 마카롱을 주문했다. 마카롱 세트 하나에 29,000원. 두 세트를 구입해 58,000원을 결제하고 나니 체크카드 잔액이 10만 원도 남지 않았다. 잠시 '58,000원이면 마트에서 장을 한 번 볼 수 있겠네'라는 생각이 스쳤다.

마음은 물질로 표현할 수밖에 없는 걸까?

나는 이런 문제로 한 친구와 결국 연락이 끊어졌다. 친구는 나보다 먼저 결혼하고 아이를 낳았다. 정말 친하게 지내던 친구여서 웨딩 촬영 날에도 가고 축의금도 따로 하고 결혼식 날 미용실부터 따라다니면서 가방도 들어주었다. 친구가 아이를 낳자 축하하며 밥도 사고 선물도 했다. 그러다 내가 결혼을 하게 되었고, 친구에게 밥을 사주며 청첩장을 전했다. 결혼식 후에 친구는 돈이 없어서 축의금을 못 했다고, 미안하다고 연락이 왔다. 후에 선물을 보내준다며 주소를 받고는 그 후로 다시 연락이 없었다. 내가 아이를 낳자 또다시 주소를 알려달라고 했지만, 그 후로 지금까지 연락이 없다.

서운하지 않았다면 거짓말일 것이다. 친구와 남편 모두 이름 들으면 알만한 기업에서 일했기 때문이다. 돈이 없다고, 미안하다고 하니 그러려니 했지만 출산 후에는 아이를 위한 내복이라도 한 벌 받고 싶었다. 친구가 SNS에 올리는 레스토랑이나 카페에 한 번 갈 돈이면 아기 내복 정도는 살 수 있을 것 같았다. 지금까지 친구는 소식이 없다. 어찌 된 일인지 모르겠지만, 그 뒤로 친구는 카톡도 탈퇴하고 모든 SNS 창구를 닫아버렸다.

이런 일련의 일들을 겪고 난 뒤, 나는 조금 무리가 되더라도 소중하게 생각하는 사람에게는 때에 따라 선물을 하곤 한다. 만날 수 없으면 기프티콘이라도 보내고, 누군가의 집을 방문할 때는 귤 한 봉지라도 산다. 더 주는 편이 주지 않아 서운한 마음을 남기는 것보다 낫다고 생각했다. 소비단식을 시작하고 나서도 이 비용은 줄이지 않았다. 코로나로 사람들을 더 못 보게 되면서 선물이 그나마 마음을 표현하는 수단이라고 생각했다.

내가 마음을 돈으로 대신하는 건 아닐까?

그러다 보니 어느 순간부터 내가 마음을 돈으로 대신하고 있는 건 아닌가 하는 생각이 들었다. 『나는 빚을 다 갚았다』에는 가족들에게 줄 크리스마스 선물을 편지로 대신하자 커다란 반발에 부딪힌 부부의 이야기가 있다. 당연히 받아야 한다고 생각한 걸 못 받으면 마치 가진 물건을 빼앗긴 것처럼 느끼는 것이 사람 심리인 듯하다. '이런 걸 받겠지' 기대하고 상상한 것만으로도 이미 내 것 같은데, 받지 못하니 더 큰 박탈감이 드는 것이다. 하지만 작가는 그런 반발은 일시적이며, 사람들이 자신의 빚을 갚아주는 게 아니니 아픔을 견뎌야 한다고 설명한다. 나도 그 점에 충분히 동의한다. 하지만 사람들의 서운함을 감당하기 위해서는 마음이 튼튼해야 하는데 나는 그렇지 못했다. 물질 대신 노력과 정성으로 마음을 표현하려면 (내 기준에서는) 돈 버는 것보다 더 많은 노력이 필요하다. 더 많이 연락하고, 표현하고, 정성을 담아야 한다. 예컨대 안부 전화를 자주 하고 이야기를 듣는 것으로 마음을 충분히 표현할 수 있지만, 사실 통화 버튼을 누를 때까지 정말 많은 번뇌와 고민이 필요하다. 하지만 물질은 단순하다. 그 자체로 아주 쉽고 빠르게 마음을 전한다. 자본주의 사회에서 가장 힘있는 것이 돈이니 그럴 수밖에 없을 것이다. 내가 마음을 표현할 때 시간과 감정을 온전히 사용하고도 아프게 되지 않을 때까지, 당분간은 돈에 조금 의지할 생각이다. 그래도 그때를 대비하여, 마음을 물질 아닌 다른 것으로 표현할 방법을 찾아두고 싶다.

친구와 만날 때에는

친구나 지인을 만나 식사하는 일도 비슷하다. 코로나가 심해지기 전에는 친구들과 만나 식사하고 이야기하는 게 정말 좋았다. 좋은 레스토랑에 갔고 맛있는 커피와 디저트를 즐겼다. 소비단식을 시작한 뒤에도 다른 이들과 함께할 때는 돈을 썼다. 그러다 어느 순간, 의문이 들었다. 나는 친구를 만나서 이야기하고 싶은 걸까 아니면 그냥 맛있는 걸 먹고 분위기 좋은 곳을 가고 싶은 걸까? 돈이 아깝거나 부담되는 게 아니라 꼭 이렇게 좋은 음식을 먹어야만 친구와 만날 수 있는 건지 그간의 나를 돌아보게 된 것이다.

『나는 빚을 다 갚았다』의 작가는 친구를 만날 때 도시락을 싸 갔고, 무언가를 먹지 않은 적도 있다고 했다. 외식에 전혀 돈을 사용하지 않았기 때문일 것이다. 하지만 이건 타인에게 불편을 주는 행동이 아닐까?
입장 바꿔 생각해보자. 친구가 김밥천국에서 김밥과 라면을 먹고 저렴한 커피 전문점에서 차를 마시자고 하면 나는 불쾌할까? 편의점에서 보자고 하면 친구가 내게 돈 쓰는 것을 망설인다고 내 마음이 불편할까? 아주 친한 친구와는 이렇든 저렇든 상관없겠다. 오랜만에 만난 친구가 그러자고 해도 나는 흔쾌히 따를 것 같다. 다만 내가 근사한 브런치를 주문해 먹는데 친구는 앞에서 도시락을 먹거나 (일단 식당에는 반입 자체가 안 될 가능성이 높다) 안 먹고 앉아 있다면? 카페에서도 물만 마시고 있다면 나는 어떨까? (이것도 카페에는 좀 민폐가 아닌가?) 내 마음은 불편할 것 같다. 나는 내가 지금 소비단식 중이니 친구에게 맞춰달라거나 불편을 감수해달라고는 못 하겠다.
그래서 절충안을 찾았다. 아예 돈을 안 쓰는 건 불가능하지만 소비를 최대한 줄이는 것이다. 친한 친구나 지인일 경우, 서로의 집으로 가서 함께 밥을 먹고 시간을 보내면 양쪽의 비용이 줄어든다. 실제로 한 친구와는 마음이 통해서 매주 같은 요일, 집에서 만나 번갈아가며 요리를 준비했다. 내가 팬케이크를 굽기도 하고, 친구가 파스타를 하거나 라면을 끓여 같이 먹기도 했다. 테이크아웃해 온 커피와 케이크도 먹었다.
직접 해보니, 나에게 중요한 건 친구와 이야기하는 시간이지 근사한 곳에서 멋진 요리를 먹는 것이 아니었다. 다만 어떤 만남은 너무 성의 없게 느껴져서 씁쓸한 뒷맛을 남기기도 했는데, 좋아하는 사람에게는 정성을 들이고 싶던 마음에 좋은 식당을 찾아다녔던 것 같다.

소비단식이 끝나고 평범한 일상이 찾아오면 나는 아마 다시 친구들과 레스토랑에서 밥을 먹고 맛있는 커피를 마실 것이다. 다만, 적당한 가격에 적당히 좋은 곳에서 최선을 다해 친구 이야기를 듣고 진심을 담아 대화하며 충실한 시간을 보낼 것이다. 마음과 소비, 관계는 사람이 얽힌 것이기에 다른 부분보다 확고한 소비단식 기준을 정하지 못했다. 내 마음이 편한 쪽으로 지갑을 여는 것으로 적당히 정하는 게 지금으로서는 최선이다. 사람과의 관계는 여전히, 아니 해가 지날수록 더 어렵다.

물질 없이 마음을 전하는 일은 여전히 어렵다. 마음을 담되,
그 마음이 닿지 않는다고 내 마음이 다치지는 않으면 좋겠다.

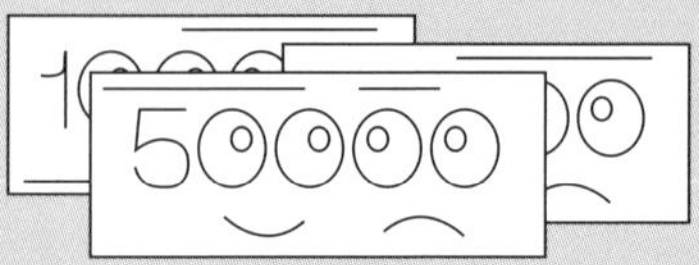

발견 노트

 # 소비단식과 주변 챙기기

코로나 때문에 친구들을 많이 만날 수 없어 오히려 다행이었다. 소비단식을 할 때 어려운 부분이 바로 만남과 경조사이다. 먼저 가장 자주 만나는 친구에게 조심스레 제안을 했다. 내가 도시락을 준비할 테니 너희 집에서 만나도 되겠냐고. 친구는 흔쾌히 그러자고 했다. 그래서 나는 친구를 만나는 아침이면 샐러드와 빵, 샌드위치, 때로는 파스타를 만들어 갔다. 커피는 집에서 내려 가기도 했다. 그렇게 친구와의 만남은 가벼워졌다. 물론 밀도는 여전했다.

다른 친구들을 만날 때에는 여러 방법을 시도했다. 합리적인 가격의 레스토랑을 미리 제안하거나 식사 때가 아닌 차 한잔하는 시간에 만났다. 밥 시간에 만날 때는 집에서 간단하게라도 챙겨 먹고 출발해서 배고프다고 음식을 여러 개 시키는 불상사가 없게 했다. 이렇게 하니 식사보다 친구에게 더 집중할 수 있어서 훨씬 여유 있고 좋았다.

이런 것들을 시도해도 친구들과의 관계에는 전혀 문제가 없었다는 점이 놀라웠다. 좋은 레스토랑에 가지 않아도, 그냥 차만 마셔도 그 시간은 풍성했다.

부모님들 용돈이나 경조사비는 돈을 매달 따로 모아 갑자기 나가는 일이 없도록 준비했다. 명절 선물 등도 한 달 전쯤 특가판매를 이용해서 최대한 합리적으로 보낼 수 있었다.

10000 + 12

내면 아이 보듬기

사실 이건 엄마가 가지고 싶어서 사는 거야

가장 소비를 줄이기 어려운 부분은 다름 아닌 육아였다. 쿠팡으로 수도 없이 뭔가를 급히 산 상황 중 8할은 바로 아이에게 필요하다고 느꼈을 때다. 아이가 어릴 때는 '어, 분유! 어, 물티슈! 어, 아기 세제! 어, 아기 이유식 재료!' 이러다가 좀 크고 나면 '어, 플레이도! 어, 색연필! 어, 종합장!' 이렇게 되는 것이다.

나는 우울증과 불안장애 치료를 받고 있어 스트레스를 줄이기 위해 육아와 살림에 자본의 힘을 적극적으로 도입하는 편이었다. 그런 내가 소비단식을 시작했다. 자연히 육아 비용에서 낭비하고 있는 부분은 없는지 살펴봐야 했다.
내 소비 성향을 지켜본 결과는 이렇다. 내가 아이를 위한 거라고 산 많은 것들이 사실은 대부분 내가 가지고 놀고 싶어서 산 것이었다. 아직 덜 자란 나의 '내면 아이(개인의 정신 속에 존재하는 아이의 모습)'가 사달라고 보채는 것들을 아이에게 투영해 구입한 것이다.

내 또래의 많은 이들이 그렇듯, 나도 어린 시절에 결핍이 있었다. 장난감도, 놀거리도 풍족하지 않을 때였다. 지금도 그렇지만 나는 가만히 누워 공상하는 걸 좋아했는데, 귤을 까서 껍질로 지갑도 만들고 공주도 만들어 한참을 놀고는 했다. 앞집 양말 가게에서 얻어 온 상자에 그걸 숨겨놓았다가 며칠 뒤 곰팡이가 생긴 걸 보고 울상을 지은 적도 있다. 초여름이면 토끼풀 가득한 잔디밭에 앉아서 한참 동안 화관을 만들기도 했고, 하얀 A4 용지 같은 건 너무 귀할 때라 할머니가 일요일에 교회에 다녀오면서 가져오신 주보 몇 장을 접어 지갑도 만들고 돈도 만들어 시장 놀이도 했다.
초등학교 저학년 때는 설날 세뱃돈을 모으고 모아서 미미 인형을 샀다. 그렇게 몇 년이 지나니 미미 인형 몇 개와 인형 옷 몇 벌을 가질 수 있게 되었다. 인형 놀이를 정말 좋아했다. 놀 때 나는 소공녀 세라가 되기도 하고 요술 소녀가 되기도 했다. 커다란 바구니나 빈 음료수 통에 그런 나만의 세상을 담아두었다. 누군가에겐 쓸모를 다했을 통이 나에겐 소중한 세상이었다. 하지만 그런 나의 세상은 어느 날 학교에 다녀오면 모두 사라져 있곤 했다. 엄마가 보기에 쓸모없어 보이는 것들은 모두 쓰레기봉투로 향했으니까. 너무 여러 번 있었던 일이라 울지도 않고 나는 더 작은 상자로 나의 세상을 옮기곤 했다. 그렇게 옮기고 옮기다 보니 더이상 줄일 수 없을 만큼 작아진 상자 하나가 겨우 남게 되었다.

부모님은 집에 손님이 오면 인형을 손님네 아이에게 주라고 했다. "너는 나이가 몇 살인데 아직도 그런 걸 갖고 노니? 그거 좀 꺼내줘라. 그냥 줘!" 나는 아무 말도 하지 않았다. 그것만은 내어줄 수 없었다. 눈물이 나지도 않았다. 그저 오래도록 침범당한 나의 세상을 지켜내고 싶었다.
시간이 흐르고 서울로 이사 오던 날, 그 상자는 어디론가 사라졌다. 중고등학교 시절 용돈으로 하나씩 사 모았던 만화책들은 내가 대학교 기숙사로 떠나자 곧 어딘가로 사라졌다. 어린 시절 일기장과 편지들은 내가 결혼하고 나서 사라졌다. 내 손으로 버리지 않았으나 다 사라진 나의 보물들. 그 어린 시절은 내 내면 일부를 여전히 아이로 남아 있게 한다.

아이가 자라면서 더이상 입에 뭔가를 넣지 않게 되자 나는 다채로운 놀잇감들을 사들이기 시작했다. 물감이나 색연필도 종류별로 사놓고 함께 그림을 그렸다. 최근에는 슬라임 만들기를 하며 다양한 비즈를 사서 만지작거리고 놀았다.
집을 청소할 때는 부서져서 쓸 수 없거나 1년 이상 가지고 놀지 않는 것들만 정리했다. 아이가 정리하지 않겠다고 하면 그냥 내버려두었다. 거실부터 침실까지 아이의 놀잇감, 아니 나의 놀잇감이 가득했다. 발에 비즈가 밟혀 아프기도 했지만 나는 이제야 나의 내면 아이에게 어릴 적 사라진 커다란 상자를 찾아 돌려주는 것 같았다.

아이를 키운다는 것은 어린 나를 대면하는 일이기도 하다. 아이의 모습에서 나를 보고 나의 아픔을 본다. 아이가 울 때 안아주며 어린 시절 혼자 울던 나를 함께 안아준다. 우리 부모님은 하굣길에 비가 와도 결코 데리러 온 적이 없었다. 친구들의 우산을 쓰고 가거나 다 맞고 집으로 가는 게 일상이었다. 그때마다 다짐했다. 나는 아이를 키우면 비 오는 날 꼭 데리러 가야지. 함께 집에 돌아와 따뜻한 코코아를 같이 마셔야지.

물론 부모님은 나를 사랑으로 키워주셨다. 부족함 없이 키우려 노력했고 최선을 다하셨다. 하지만 누구에게나 빈자리는 늘 있기 마련이며, 그 자리는 스스로 채워야 하는 것이다. 부모님에 대한 원망으로 그 시절을 그대로 남겨두는 것이 아니라 다 자란 내가 어린 나를 안아주면 되는 것이다.

이런 나를 깨닫고 일어난 작은 변화도 있다. 그전에 아무 생각 없이 박스 채로 사들이던 아이 물건을 조금씩만 사게 된 것이다. 안 사진 않는다. 아이와 문방구에 가면 지우개도 사고 스티커도 사고 비즈도 산다. 그러나 아이에게 쉽게 고르고 쉽게 주문하는 모습 또한 보여주지 않으려고 노력하고 있다. 사달라고 하면 뭐든지 다 사주는 것도 멈췄다. 아이가 원하는 것은 특별한 날에 혹은 함께 보내는 미술 놀이 시간에 쓸 것만 사주기로 조금씩 계획을 세워가고 있다. 아직 갈 길은 멀지만.

나는 아이와 함께 나의 내면 아이도 키워갈 것이다.
나의 내면 아이가 건강하게 자라서 '이제 괜찮아'라고 말하면,
그때는 이런 소비들이 조금씩 줄어들지 않을까.

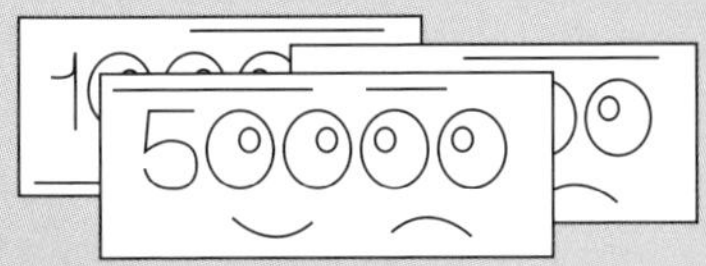

발견 노트

우울해도 나는 엄마다

앞서 이야기한 것처럼 나는 우울과 불안장애 치료를 받고 있다. 하지만 아이를 기르는 사람으로서 내가 아프다는 이유로 아이에게 피해가 가는 일은 최소화하고 싶었다.
사실 아이를 키우는 데에는 아주 많은 에너지가 필요하다. 특히 생활 규칙과 예절은 꾸준히, 지속적으로, 일관성 있게 가르쳐야 하는데 나는 그럴 에너지가 없었다. 병을 앓으면서 의욕이 현저히 낮아졌기 때문이다. 육아에 들어가는 에너지를 최소화해야 했다. 아이가 떼쓰거나 징징거리는 소리를 듣는 게 너무 힘이 들어 그런 일은 최대한 줄이려고 했다. 결과적으로는 좀 오냐오냐 키운 것처럼 보일 수 있지만, 나는 이 기간 동안 아이에게 감정적으로 화를 내지 않았음을 감사하게 생각한다. 그리고 그렇게 버텨낸 나에게 대견하다고 말해주려고 노력한다.

아이를 잘못 키우는 경우는 극단적으로 보면 두 가지일 것 같다. 지나치게 엄하거나, 지나치게 오냐오냐하거나. 당연히 둘 다 아이에게 좋지 않다. 그러나 만약 둘 중 하나만 택할 수밖에 없는 상황이라면 나는 오냐오냐하는 쪽이 낫다고 생각했다. 안아달라면 안아주고, 울면 달래주고, 밥도 먹여주고, 신발도 신겨주고, 같이 사탕도 사 먹고. 조금 늦더라도 규칙은 나의 에너지가 회복되면 알려줄 수 있을 테니까.

가장 먼저 집안일을 최소화했다. 조금 지저분한 것을 견디기로 했다. 식기세척기와 건조기를 들였고 반찬가게를 이용하고 냉동식품도 활용했다. 밥은 한번에 많이 해서 얼려두고 즉석밥도 사놨다. 등원 전쟁을 최소화하기 위해 아침은 늘 떡이나 빵을 준비해 간단히 먹었다. 아이는 피부가 예민해서 본인이 편하다고 느낀 옷이 아니면 입기를 거부했다. 아이가 잘 입는 옷은 밤에라도 빨아서 말려두었다. 아이가 잘 때 끌어안고 같이 자고 같이 일어났다. 아이가 갖고 논 장난감을 꼭 치워야 한다고 잔소리하지 않았다. 아침까지 그대로 두고 또 가지고 놀게 했다. 집 안은 좀 정신없었지만 그래도 나와 아이는 행복했다.
아이가 뭔가를 사달라고 조르는 걸 방지하기 위해 되도록이면 같이 마트에 가지 않았다. 놀이터에서 놀자고 하면 한 시간이고 두 시간이고 놀았다. 밥을 한자리에 앉아서 먹는 것, 누군가를 때리지 않는 것, 물건을 던지지 않는 것 등 인간으로서 함께 살아가기 위해 최소한으로 지켜야 하는 것들 이외에는 가르치지 않았다(못 했다). 새벽 두 시에 일어나 아이스크림을 달라고 하는 것 정도가 아니면 원하는 것은 대부분 들어주었다.

몸이 조금 나아진 지금, 아이에게 함께 살아가며 지켜야 할 예절과 규칙을 알려주는 게 쉽지는 않다. 하지만 아이는 생각보다 잘 따라주고 있다. 영원히 내가 밥을 먹여야 하는 것도 옷을 입혀야 하는 것도 아니고, 아이도 매일 드러누워 떼를 쓰는 게 아니었다. 아이는 다행히 화장실도 잘 가리고 옷도 잘 갈아입고 밥도 잘 먹는다(많이 먹지는 않지만). 낯을 많이 가리는 편이라 사회성이 약간 걱정되긴 했지만, 그래도 이제는 친구들에게 인사도 잘하고 집에 오면 친구 이야기도 해준다. 어제는 친구에게 그림 편지도 썼다. 돌이켜보면 나도 어릴 적에 아주 내향적인 아이였고 집에 혼자 있는 게 가장 좋았던 터라 더 기다려주기로 했다.

여전히 아이는 조금 응석받이지만, 나는 내가 할 수 있는 최선을 다하고 있다. 집안일을 외주(식기세척기, 건조기, 반찬가게) 주었기에 비용이 좀 많이 들긴 했지만, 그래도 이만하면 충분히 잘했다고 나에게 이야기한다. 늘 죄책감에 시달리며 '나는 정말 최악이야'라는 생각을 달고 살다가 병을 얻었기에 앞으로는 스스로에게 좀 더 너그러워지기로 했다. 살다가 좀 부족한 면이 발견되면 또 그때 가서 최선을 다해 극복하면 된다.

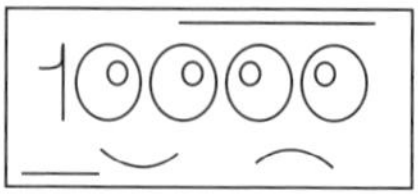

+ 13

6개월 중간 정산

카드값이 10분의 1로 줄어들었다

이제 소비단식을 시작한 지 만 6개월이 지났다. 결론부터 말하자면 카드값은 처음 500만 원에서 10분의 1로, 빚 총액은 690만 원 정도 줄었다. 외주 작업을 해서 번 돈은 거의 빚을 갚는 데 사용했다.

이제 내 카드값은 할부금만 남았다. 아마 3개월~4개월 안에 이 카드값도 정리될 것 같다. 노트북 할부를 24개월로 한 줄은 몰랐는데, 그게 길게 남아 있다. 돈을 모아 남은 금액은 한번에 갚을 예정이다. 지금은 소비를 꾸준히 줄여가는 게 중요하다. 꾸준한 작은 소비가 거대한 대출과 카드값을 가져오니까. '가랑비에 옷 젖는다'는 말이 그냥 나온 게 아니다. 나는 더이상 신용카드를 쓰지 않는다. 신용카드는 엄마가 인터넷으로 무언가를 구입해달라고 할 때만 사용하고, 그때도 돈을 받아서 즉시결제

(결제한 금액을 바로 지불하는 것)를 한다. 이렇게 바로 정리해두지 않으면, 막상 내가 사용할 때 체크카드에 돈이 부족해 신용카드를 사용하게 되는 경우가 많았다.
계속 소비를 줄이고 허리띠를 졸라매다 보니 문득문득 뭘 위해서 이렇게 달려오고 있는지 약간 회의감이 들기도 했다. 그래도 이제 카드값 고지서가 날아와도 심장이 두근거리지 않게 되었다는 사실이 감사하다. 이제 예상 가능한 만큼의 카드값을 받게 되었고, 예산을 정해 생활할 수 있다.

소비단식을 이어온 지난 6개월간을 돌이켜보면 끊임없는 번뇌와 고난의 연속이었다. 나는 왜 이렇게 돈을 많이 쓰는지 매 순간 깊이 고민하고 반성하지 않으면 결코 끊어지지 않는 소비의 굴레. 그 굴레를 벗어나기 위한 처절한 몸부림이었다.
처음 소비단식 일기를 쓸 때는 소비와 빚을 줄여가는 과정을 기록하는 데 집중했는데, 시간이 지날수록 나를 파고드는 글로 변해간 것은 나의 상태를 정확히 반영한 것이기도 하다. 돈을 별로 안 쓰는 것 같은데 카드값이 많이 나오는 달에는 너무 속상해서 눈물이 나기도 했다. 그만두고 싶다고 몇 번이고 생각했다. 하지만 마음 변치 않고 지금까지 온 나에게 대견하다고 칭찬해주었다. 6개월을 잘해온 기념으로 뭘 살까 하다가 (버릇이 쉽게 어디 가진 않는다) 그냥 책 한 권을 샀다. 처음 소비단식 시작할 때의 재정 상황과 6개월이 지난 지금의 재정 상황을 비교해보았다.

소비단식 6개월 중간 정산

카드값　500만 원 → 40만 원

빚 총액　1,600만 원 → 910만 원

정기예금을 헐면 단번에 빚을 갚을 수 있는데 그렇게 하지 않고 있다. 카드값이 어마어마하게 나온 적이 몇 차례 있다. 그때마다 예금을 헐어 한번에 갚았는데, 소비습관이 변하지 않으니 자꾸 같은 일이 반복됐다. 남은 빚을 천천히 갚는 것은 내 습관을 고치는 일이자 속죄를 위한 길이라고 생각하고 있다.
6개월 동안 갚은 빚이 이 정도라니, 많다면 많고 적다면 적다. 애를 썼지만 그렇게 변화가 많지 않은 것 같아서 조금 아쉽기도 하다. 하지만 신용카드 쓰는 습관이나 감정적인 소비가 많이 줄어든 것이 큰 소득이다.

이제 남은 소비단식 미션은 다음과 같다.

- 대출금 0원으로 만들기
- 추가 수입 만들기
- 저축 시작하기(적금 들기)
- 약을 끊을 수 있도록 건강한 마음 만들기

남은 6개월의 소비단식 기간에는 자리잡힌 부분을 더 체화해서 빚을 줄이는 데 총력을 다할 예정이다. 1년이 되는 날, 모든 대출을 0원으로 만드는 것이 목표다. 혹시 다 못 갚게 되더라도 실망하지 않고 계속할 예정이다. 추가 수입도 만들 수 있도록 조금 더 노력하고 있다. 외주가 꾸준히 들어오면 좋겠지만 이제 공부를 막 마친 조무래기 박사에게 일이 들어오기란 쉽지 않다. 그래도 여기저기 도전하고 있다. 정규직으로 일하는 것도 생각해보았는데, 장단점이 있다. 정기적인 수입이 있다고 꼭 저축이 느는 것은 아니다. 직장을 다닌다는 것은 아이를 돌보는 비용이나 출퇴근, 점심값, 사회적 비용 등 여러 비용이 수반되는 활동이다. 이것들을 빼면 사실 그렇게 남는 게 많지 않을 때도 있고, 심지어 마이너스가 되기도 한다. 아이가 등원한 사이에 할 수 있는 일이나 아이를 돌보면서 할 수 있는 일을 찾고 있지만, 많은 엄마들이 그렇듯 나도 어려움을 겪고 있다.

소비단식의 가장 큰 적은 역시 심리 상태이다. 잠시 한국에 머물고는 있지만, 보금자리가 해외에 있다 보니 신용카드를 안 가지고 있을 수는 없기에(비행기표 예매, 오갈 때 머물 숙소 등… 구차하다) 한도가 좀 큰 카드를 가지고 있다. 가끔 이 카드를 쓸 때가 문제다. 예를 들어 병원에 갔는데 지난번보다 상태가 안 좋다고 하면 실망이 이만저만이 아니다. 그럴 때에 나도 모르게 병원 근처의 유명 빵집에 들어가서 먹고 싶던 것을 마구 사거나 책을 잔뜩 산 적도 있다. 이렇듯 건강한 마음을 가지는 것은 너무도 중요하다.

매달 저축하는 삶을 사는 게 이렇게나 어려운 줄은 미처 몰랐다. 수많은 재테크 책을 읽으면서 돈 벌 생각만 하고 지출을 줄일 생각은 하지 않은 나의 어리석음을 되돌아본다.

6개월간의 소비단식을 회고했다.
빚이 줄었고 예산을 정해 생활하기 시작했다.

발견 노트

 # 예산을 정할 때는

받은 월급을 예산 없이 모두 써버리는 삶을 오랜 세월 살다가 이제야 예산 안에서 사는 연습을 하기 시작했다. 처음에는 재테크 카페 글들을 보고 예산을 터무니없이 적게 잡아서 자괴감에 시달리기도 했다. 반대로 너무 예산을 크게 잡아서 돈을 다 쓴 적도 있다. 그렇게 몇 차례 시행착오 끝에 이제 안정적으로 예산을 짜게 되었다. 내가 예산을 짠 방법을 말해보려고 한다.

집마다 필요한 액수가 다를 테니 우선 3개월 정도는 내가 어디에 얼마나 쓰는지 기록해두는 걸 추천한다. 그 기록을 쭉 보다 보면 보통 내가 어느 정도 돈을 쓰는지 보인다. 그 금액을 일단 임시 예산으로 잡아두고 이후 매달 줄일 수 있는 부분을 찾아서 조금씩 줄여나간다. 그렇게 하다 보면 어느 순간 일정한 액수만 쓰게 되는데, 나는 그 정도를 예산으로 잡았다.

예산을 관리할 때는 종이 가계부와 구글 스프레드시트를 이용했다. 예산을 짜고 주·월간 결산을 할 때는 스프레드시트를 썼지만, 평일에는 종이에 적거나 영수증을 끼워두는 식으로 얼마를 썼는지 확인했다. 체크카드와 현금을 주로 사용했기 때문에 잔고는 늘 알 수 있었다.

예산 있는 삶을 지키기 위해 내가 중요하게 생각한 것은 두 가지다.

– 예산 쪼개기와 비상금

예산을 한 통장에 넣어두고 사용했더니 초반에 펑펑 쓰고 날이 갈수록 쪼들렸다. 그래서 일주일치 예산을 체크카드에 넣고 그것만 사용했다. 현금만 가지고 다닌 적도 있는데, 키오스크에서 계산하기가 어려워 체크카드를 사용하기로 했다. 잔고를 확인하며 돈 쓰는 일은 여전히 심장이 쫄깃하다. '잔액이 부족하다고 나오면 어쩌지?' 걱정하며 김밥을 사거나 아이의 스케치북을 결제하는 일은 불편하다. 하지만 카드값을 겁내지 않는 삶이 내겐 새롭고 기쁘다. 그 기쁨이 모든 불편을 감수하게 한다.

- 비상금

비상금은 꼭 있어야 한다. 보통, 비상금은 월급의 두 배 정도가 필요하다고 한다. 나는 그 정도까지는 필요하지 않을 것 같아 그보다 적은 돈을 비상금 통장에 넣어두었다. 급하게 병원비가 많이 든다거나, 세탁기가 고장나서 새로 사야 할 때 보탤 정도의 금액이었다. 비상금을 사용해야 할 때는 일단 신용카드로 결제한 뒤 즉시결제 기능을 이용해 미리 카드사에 등록해둔 비상금 통장에서 돈이 나가도록 했다. 이렇게 하니 급한 상황에서 당황하지 않고 결제를 할 수 있었고, 예산이나 카드값에도 영향을 미치지 않았다.

CARD
CARD

Part - 3

소비사회를 벗어나다

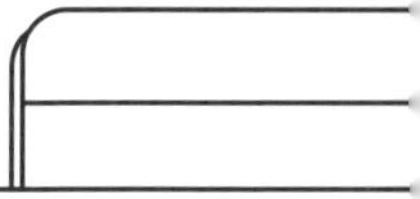

나이로비로 가다

1년에 로션이 몇 통이나 필요할까

나이로비로 돌아간다. 케냐의 코로나 상황이 조금 나아져서 비행기가 다시 다니고 봉쇄 조치도 해제되었다. 우리 가족은 드디어 다시 만날 수 있게 되었다. 이 말은 즉, 다시 짐을 싸야 한다는 뜻이기도 하다. 한국에서의 삶과 나이로비에서의 삶은 너무도 달라서 내가 매일 사용하는 물건 중 나이로비에서 구하기 어려운 것들, 소소하더라도 매우 중요한 물건들은 1년 정도 사용할 분량을 준비해 가야 한다. 대체재가 아예 없는 것은 아니지만 미묘한 약간의 차이가 스트레스가 되곤 한다.

이번에 가장 중요하게 챙긴 것은 영양제였다. 한국에 비해 의료 환경이 좋지 않기도 하지만, 코로나 상황에서 병원을 가는 것을 최소화하기 위해서는 가능한 한 평소에 건강을 챙겨야 했다. 필수품이라 여기고 1년치 분량을 구입했다. 수십만 원이나 들었지만, 나이로비에서는 검사 한 번 받고 약을 처방받는 비용이 그 정도 되기 때문에 절약한다고 생각하며 종류별로 꼼꼼히 계산해서 구입했다. 그 외에 특별히 준비한 것은 없었다. 얼굴에 맞는 로션 몇 개, 한국 조미료, 라면, 아이 간식, 책 약간 정도였다. 그렇게 최소한으로 준비해도 우체국 4호 박스로 열두 개나 나왔다. 아무리 가볍게 줄이고 줄여도, 생활을 꾸려간다는 것은 여전히 무거운 일이다.

한국에서 이렇게 열심히 준비해 간 물건이지만, 나이로비에 도착하니 내 태도가 조금 달라졌다. 도시 공간이 주는 압박과 유혹은 분명 존재한다. 제주도에서는 여유롭게 걷지만 서울에 가면 비싼 음식을 허겁지겁 먹는 우리 모습에서, 다이소에 가면 별로 필요하지 않은 물건도 마구 사고 면세점에서는 괜히 필요치 않은 립스틱이라도 사는 것에서 알 수 있듯이.

막상 나이로비에 도착해 내가 한국에서 보낸 박스들을 보니, 그것들이 필요하지 않다는 생각이 들었다. 서울에서 온 압박과 유혹이 담겨 있는 걸까? 한국은 너무도 많은 필요를 느끼게 하는 곳이다. 하루에도 수없이 날아드는 광고를 어쩌다 누르기라도 하면, 홀린 듯 그걸 주문하고 있는 나를 발견한다.

케냐에 있는 집은 맑은 하늘, 맑은 공기가 있다. 채식이 좀 더 자연스러워지고 쇼핑에 대한 욕망도 사그라든다. 넓은 마당이 있어서인지 아니면 내 모습을 보여줄 사람이 없어서인지 모르겠다. 이런 환경이 마음을 한결 여유롭게 한다. 마스크를 쓰지 않고 잔디를 밟으며 마당을 산책할 수 있다는 것, 그것만으로도 쇼핑앱을 열지 않을 이유가 된다. 몇 년 전 이곳에 처음 왔을 때는 안전과 인프라 문제로 갈 곳이 없다고 불평했는데, 어차피 한국에서도 나갈 수 없게 되자 이곳의 환경이 좋아진 것이다. 아, 간사한 인간이여.

처음 나이로비에 왔을 때는 채울 수 없는 마음을 쇼핑으로 채웠다. 부족한 것들을 채우기 위해 끊임없이 쇼핑을 해서 한국에 있는 친정집으로 보냈고, 한국에 있는 가족들은 그것들을 컨테이너에 실어 보내주었다. 그러나 나는 6개월 만에 한국으로 돌아왔고, 그 물건들은 2년이나 이곳에 방치되어 있었다. 이번에 나이로비로 돌아오면서 가장 많이 달라진 점은 먹을 것들을 바리바리 싸들고 오지 않게 된 것이다. 이곳에서는 일주일에 한 번 장을 보는데, 리스트는 소박하다. 감자, 양파, 오이, 당근 같은 채소가 대부분으로, 미리 꼼꼼히 메모한다. 장을 본 뒤 돌아오는 길에 2천 원짜리 바게트 빵 하나 사면 그렇게 행복할 수가 없고, 대형마트에 한국 라면이 있는 것을 보면 그렇게 반가울 수가 없다. 한국보다 비싼 가격에 여러 번 고민하다가 몇 봉 사와서 남편과 나눠 먹으면 그것이 행복이다.
한국 배추, 무, 파, 상추를 케냐 집 마당에서 키워볼까 생각하기도 했지만, 현지에서 나는 채소와 과일을 먹으며 생활하자고 마음을 바꿔먹었다. 최대한 그곳의 자연환경에 맞춰 자연스럽게 사는 것이 스트레스를 가장 덜 받는 방법일 것 같아서다. 가질 수 없는 것들을 가지려면 정말 힘이 많이 든다. 이곳은 망고와 파인애플, 바나나가 놀랍도록 맛있고 저렴하다. 한국에서 한 개에 만 원 정도 하는 애플망고가 하나에 500원이다. 맛도 훨씬 좋다. 자연스러운 식생활이 최고의 만족을 준다는 걸 새삼 느낀다. 한국과 똑같이 먹고 지내기 위해 너무 애쓰지 않기. 최대한 자연스럽게 모든 것을 받아들이기로 결정했다.

케냐 집 마당에는 바나나 나무가 자라고, 고양이들이 찾아온다.

맑은 하늘이 그 위로 매일 펼쳐진다.

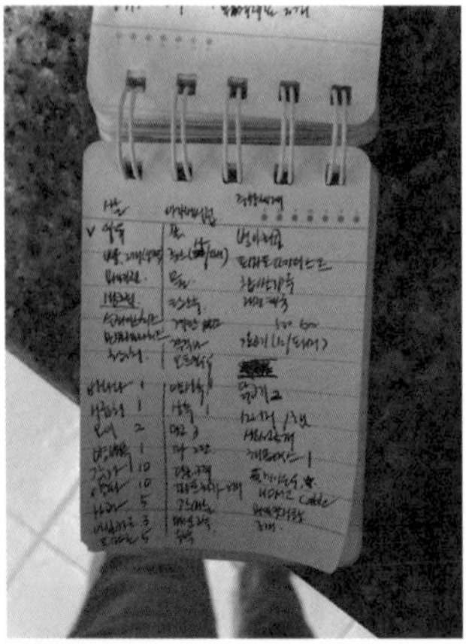

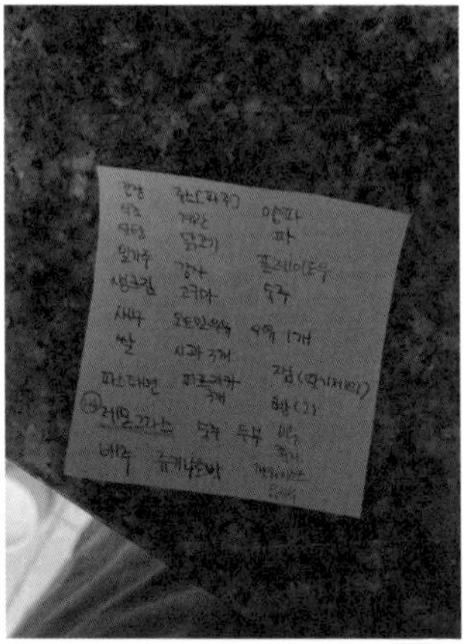

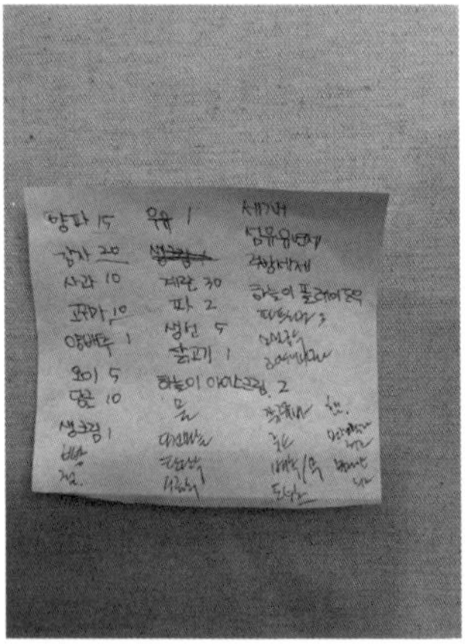

일주일에 한 번 장을 본다.

살 것들을 메모지에 꼼꼼하게 적어둔다.

서울에서의 나는 늘 부족한 인간이었다. 학위도 보잘것없고 1년간 놀고 있는 모습도 한심하다고 느꼈다. 모두가 달리는 그곳에서 간신히 한 걸음씩 걷는 나는 달팽이 같았다. 인스타그램 피드 속의 화려한 이야기들을 애써 외면하면서도, 싸게 나온 명품은 없는지 당근마켓을 기웃거리기도 했다. 있어 보이기 위해, 잘사는 것처럼 보이기 위해 애썼다. 그 애씀이 독이 되었다.

미쉐린 레스토랑에 가지 못해서, 남들처럼 크고 넓은 아파트에 살지 않아서, SNS에 그럴듯한 모습을 올리지 못해서 불안하고 불편한 나는 이곳에 없다. 아무도 나를 알지 못하기 때문에 그냥 있는 모습 그대로 살아갈 수 있는 이곳에서 나는 오히려 더 편안하고 자유롭다. 매일 같은 걸 입는다. 아침에 아이를 학교에 데려다주고 돌아오는 길에 작은 카페에 들어가 마시는 커피 한잔에도 행복을 느낀다. 아이를 돌보고, 일하고, 저녁이면 가족들과 저녁을 먹고 책을 읽다 잠이 드는 단조로운 생활이 나를 치유한다. 만날 친구도, 가야 할 핫플레이스도 없고 그저 하루하루가 무탈한 것만으로도 감사한 이곳에서의 삶이 내 마음을 채운다. 나와 너무도 다른 사람들이 사는 이곳에서, 어쩌면 나는 온전한 나를 만난 것일지도 모른다.

나이로비로 돌아왔다. 마음이 더 튼튼해진다면,
서울에서도 온전한 마음으로 내 삶을 살아낼 수 있지 않을까?

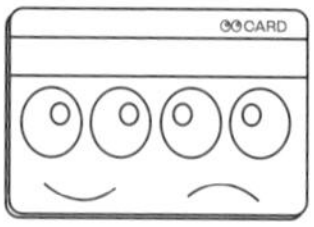 + 2

내 모습으로 살아갈 용기

이방인으로 산다는 것

역시 사람은 환경이 중요하다. 나이로비로 돌아온 지 꼭 한 달, 나의 소비는 아주 드라마틱한 변화를 보이고 있다. 결론부터 말하면 식비 60만 원과 생활비, 전기세, 통신비 등을 제외하고는 전혀 돈을 쓰지 않고 있다. 이곳은 내가 음식을 하지 않으면 먹을 것이 하나도 없다. 데우기만 하면 먹을 수 있는 식품이 넘치는 한국과는 무척 다르다.

생활비는 한국과 비슷하거나 조금 더 많이 든다. 현지인들이 주로 이용하는 시장은 안전상의 이유로 피하기도 하지만, 부르는 게 값이라 외국인에게는 조금 더 비싸게 받기도 한다. 그래서 우리 가족은 주로 대형마트에서 장을 보는데 감자, 양파, 토마토, 과일 조금, 소시지, 우유, 물 등 딱 일주일치 식재료를 구입하면 15만 원 정도 든다. 여기에 고기나 맥주 같은 것을 더 사면 20만 원을 넘기기도 한다. 그 외에는 특별히 쓰는 돈이 없다. 한국 책을 너무 읽고 싶어서 온라인 서점 구독 서비스에 가입한 것 외에는 어떤 추가 소비도 없다. 게다가 코로나로 인해 도시 전체가 봉쇄에 들어가서 어떤 카페에 가도 앉을 수가 없다.

옷은 한국에서 사 온 흰 티셔츠 세 벌, 잠옷 바지 세 벌을 돌려 입는다. 토요일에 장 보러 가는 것 외에는 나갈 일이 없다. 유행은 전혀 신경쓰지 않는다. 서울에서는 청바지 핏, 운동화 색까지 고심했는데 여기선 그 어떤 것도 생각하지 않는다.

소비를 줄이려면 소비보다 더 마음을 채우는 무언가가 있어야 하고, 어느 정도 환경도 강제되어야 하는 것 같다. 언젠가 한 재테크 관련 글을 읽었는데, 글쓴이는 돈을 모으는 동안 친구도 만나지 않고 늘 집밥만 챙겨 먹으며 지냈다고 한다. 그때는 너무 극단적인 것이 아닌가 생각했는데, 다이어트하는 사람도 친구 만나는 것을 줄이고 도시락을 싸며 몸을 관리하지 않나. 소비단식을 할 때도 자신을 제어하는 환경을 만드는 일이 필요하다.

나이로비에서 지내는 우리 모습이 편안하고 좋다. 화장기 없는 얼굴, 늘 같은 청바지에 티셔츠. 질끈 묶은 머리도 좋다. 검게 그을린 우리의 얼굴과 편한 운동화가 좋다.
하지만 인천공항에 들어서는 순간부터 우리의 모습은 너무도 이질적이다. 때로 사람들은 우리의 겉모습을 보고 안부를 걱정한다. “머리가 이게 뭐니, 얼굴이 너무 상했구나. 애기 옷이라도 하나 사주렴.” 어떤 분들은 우리가 딱해 보이는지 돈을 쥐여주

시기도 한다. 우리는 한국에 들어가면 반강제적으로 미용실에서 머리를 한다. 괜히 거울을 보고 좋은 옷과 가방을 찾는다. 나이로비와 한국에서의 우리는 이렇게나 다르다.

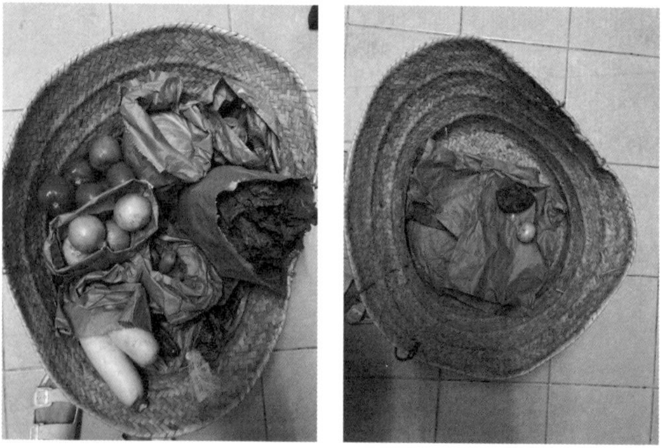

일주일 동안 먹는 채소들을 담아둔 바구니.
한 주가 끝나면 바구니는 텅 빈다.

사회적 관계에서 자유롭기

'expatriate'라는 단어가 있다. 줄여서 'expat'라고 쓰기도 한다. 과거에는 '추방자'를 뜻하는 말로, 부정적인 의미로 주로 쓰였는데 지금은 자기 국가를 떠나 외국에서 거주하는 이민자들을 지칭하는 말로 쓰인다. 고향을 떠나 살면 여러 어려움들이 따르지만, 너무도 많은 사회적 관계에서 벗어날 수 있다는 장점이 있다. 그리고 이 점이 내게는 더 적은 소비를 할 수 있게 한다. 사실 언제까지 이곳 나이로비에 있을지, 또 이후에 어디로 갈지 알 수 없다. 하지만 사회적 관계에서 자유로운 이 상황을 잊지 않으려고 한다. 어떻게 하면 한국에서 이런 환경을 만들 수 있을까? 소비단식을 하니 철학자가 되는 것이 아닐까 싶을 정도로 내 삶에 대해서 고민하게 된다. 나는 나이로비에서 왜 이렇게 자유로울까? 이 환경은 나에게 어떤 의미가 있을까? 한국에서도 이런 삶을 이어갈 수 있을까?

그러기 위해선 관계에 대해서 생각해야 한다. 다 정리하고 혼자 지내고 싶다는 게 아니다. 내 삶에서 내가 내 모습 그대로 만날 수 있는 사람들에 더 시간을 내야 한다는 뜻이다. 모임에 간다고 해보자. 어떤 모임에는 정말 가볍게, 지금 입고 있는 옷 그대로 가도 괜찮을 것이다. 하지만 새 옷을 사 입고 가야 할, 부담이 있는 모임도 분명히 존재한다. 사회적 관계에서 자유롭고 싶다면 소비단식 기간 동안에는 그런 모임에 나가지 않는 것이 좋을 것이다. 내가 지금 소비단식을 하고 있다고 말할 수 있고, 그런 나의 모습을 받아들이는 모임만 나가는 것이다.

무엇보다 용기가 필요하다. 서울에서 소비단식을 하는 동안 친구는 두 명만 만났다. 코로나라는 핑계도 있었지만 내 모습 그대로를 보여주지 못하는 친구 혹은 그 모습을 받아들일 수 없겠다고 느껴지는 친구들과는 조금씩 만남을 줄여갔다. 가만히 있어도 들려오는 친구들의 떠들썩한 모임 소식에 약간 외로울 때도 있었다.

하지만 나는 그렇게 하기로 선택했다. 옷이 마음에 들지 않아 울상을 지으며 어쩔 수 없이 모임 참석을 포기했던 나는 이제 자발적으로 소비를 중단하고 있으며, 모임에 나가지 않을 자유를 얻었다. 나에게 맞는 소비단식 규칙 세우기와 용기. 이 둘이 조금 더 자유로운 삶을 이어가게 해준다.

때로는 이방인이 되자.

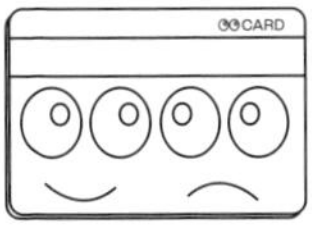

+ 3

감사일기

다섯 개의 충전기를 바라보며

휴대폰 두 개(한국용과 케냐용), 노트북, 전자책 리더기, 유·무선 헤드셋. 내가 가진 전자제품 목록이다. 남편은 노트북 세 개(개인용, 회사용, 비상용), 갤럭시탭, 전자책 리더기, 유선 이어폰에 에어팟까지 가지고 있다.

가진 게 정말 많다. 한국에서는 자각하지 못했다. 다들 이 정도는 갖고 있어서일까. 새삼스럽게 가진 것을 돌아보게 된 건, 제니퍼 덕분이었다. 제니퍼는 케냐 집의 일을 도와주는 현지인 친구다. 어느 날엔가 제니퍼가 내게 남는 휴대폰 충전기가 있으면 하나 줄 수 있냐고 물었다. 순간, 내게 여분이 있는지 알 수 없어 찾아보고 내일 알려주겠다 답했다. 찾아보니 충전기가 무려 다섯 개나 나왔다. 전자제품들을 사면서 딸려 온 것들이었다. 그중 가장 좋은 것을 골라 제니퍼에게 건넸다. 이곳에서 충전기가 얼마나 하는지 알아보니, 한국 돈으로 만 원 정도였다. 그녀 월급의 5퍼센트 정도 되는 금액이다.
그런 충전기를 나는 다섯 개나 가지고 있었다. 잠시나마 나눠주기를 망설인 걸 반성했다. 집을 돌아보며 내가 어떤 물건들을 가지고 있는지 노트에 적어 내려가기 시작했다. 다 적을 수도 없을 정도로, 나는 이미 많은 것을 가지고 있었다.

'감사일기'를 쓰면

그날 이후, 감사일기를 쓰기 시작했다. 그날 감사한 일 세 개를 적었다. 거창하지 않아도 좋았다. 매일 쓰지는 못해도 일주일에 두세 번 정도는 꼭 썼다.
소비단식을 하며 내가 얼마나 많은 것을 가지고 있는지 깨닫는 것은 무척 중요하다. 자족을 위해서는 감사가 있어야 한다. 사실 감사일기는 너무 많은 사람들이 이야기해서 식상하게 느껴질 수도 있지만, 중요한 원리일수록 단순하고 널리 알려진 경우가 많다. 운동하고 좋은 음식을 먹으면 건강해지고, 매일 공부하고 책을 읽으면 지식이 쌓이듯이 말이다.
처음 감사일기를 적을 때는 물질적인 것들을 많이 썼다. 무엇을 사서 좋았고, 뭐가 생겨서 좋았다는 등의 내용이었다. 하지만 계속 쓰다 보니 점차 물질이 아닌 것에서 의미를 찾게 되었다. 오늘은 비가 와서 감사했고, 아이가 나에게 사랑한다고 이야기해서 감사했고, 읽은 책의 어떤 문장이 감동적이어서 감사했다. 물질 외의 것에 감사하는 비중이 늘어나니, 내 삶이 이미 많은 것들로 차 있다는 사실이 가까이 느껴졌다.
이 감사의 마음을 잊어버리면 서서히 소비가 늘어나고 공허해진다. 그리고 결국 돌이키는 데 오랜 시간이 걸리는 실수를 하게 된다. 내가 그랬다. (이 실수들에 대해서는 뒤에서 고백하려 한다.) 그렇기에, 소비단식을 도전하려는 사람에게는 감사일기를 꾸준히 써보기를 권하고 싶다. 펜을 꺼내 들고 적어보자. 오늘 나의 삶에서 무엇이 가장 감사한지, 소비단식을 시작하기 전에 내가 얼마나 많은 것을 가지고 있는지를 점검하는 것이다. 자신이 얼마나 많은 것들을 가졌는지 알게 되면 새삼 놀랄 것이다.

감사일기를 썼다.
소비단식에 있어서 내가 이미 얼마나 많은 것을 가지고 있는지 깨닫는 것만큼 중요한 마음의 변화는 없다.

발견 노트

 # 감사하는 마음을 가지면

감사gratitude하는 마음과 감사일기gratitude journal에 대해 조사해봤다. 이 둘의 긍정적 효과를 다룬 연구들이 존재했다. 내용을 살펴보면, 감사를 하면 스트레스를 풀 방법이 늘고 자존감도 올라간다고 한다. 감사를 하면 긍정적인 생각들을 많이 하게 되는데, 그러면 자연히 삶의 좋은 부분에 집중하게 되므로 자존감이 높아지고 스트레스가 생겼을 때 이를 해결할 수 있는 사회적인 방법이나 도움을 더 잘 요청한다는 것이다.

또한 감사하는 마음은 자신과 주변을 비교하며 생긴 질투나 후회 등의 부정적인 감정을 줄여준다고 한다. 감사는 타인의 선함에 집중하는 행동이다. 다른 사람들이 내게 어떤 좋은 영향을 미쳤는지를 생각하게 된다. 따라서 이러한 질투의 감정들이 줄어든다는 것이다.

무엇보다 감사는 '유물론적 갈망'을 줄여준다고 한다. 감사와 유물론(물질주의)은 서로 다른 방향을 향한다. 감사는 개인과 그 관계 등이 나아지는 것에 성공의 초점을 맞추지만, 유물론은 물질적인 것에 기초해서 본다. 유물론적 갈망이 높은 사람은 삶에 대한 만족이 떨어지고, 자존감이 낮고, 높은 우울증 증세를 보일 수 있다고 한다. 그에 반해 감사는 유물론적으로 삶을 평가하는 행위(돈을 많이 벌고 물건을 많이 소유하는 것이 삶의 질을 결정한다는 등의 생각)를 줄여준다. 감사하는 마음을 가진 사람은 자신의 소유를 나누는 것을 즐기고, 삶의 성공이 물질을 얼마나 가지고 있느냐에 달려있지 않다고 생각한다.

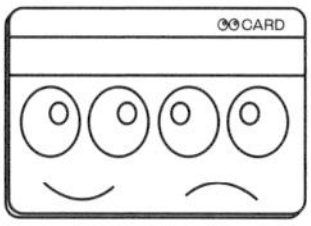

+ 4

정체성과 소비

나이로비에서 돈을 쓰지 않는 이유

서울에 있을 때와 나이로비에 있을 때 나의 옷차림은 매우 다르다. 서울에 있을 때는 유행하는 아이템과 옷들을 늘 준비해 뒀다. 소비단식을 시작한 뒤 옷을 사지 않기로 다짐했지만, 그래도 유행에 맞는 옷을 조금 사기는 했다. 유행 지난 바지에 티셔츠를 아무렇지 않게 입고 서울을 다니기엔 내 마음이 튼튼하지 못했으니까.

다만 전처럼 티셔츠와 바지를 색깔별로 다 사지 않고, 두루 입을 수 있는 바지 한 벌, 기본 디자인의 티셔츠 두 벌을 구입했다. 이것이 내 마지노선이었다. 더이상의 구입은 없었다. 앞서 밝혔듯이 이미 가진 옷들을 점검한 뒤 미리 착장을 준비해 입었다. 이것만으로도 내겐 엄청난 발전이었다.

하지만 나이로비에서의 나는 이마저도 신경쓰지 않게 되었다. 바지와 티셔츠는 두세 벌 안에서 돌려 입는다. 뭔가를 더 사야겠다는 욕구도 거의 없다. 화장품도, 옷도, 신발도 더 사고 싶다는 마음이 안 들었다. 일주일에 한 번, 꼭 일주일 먹을 식재료만 구입하면 그걸로 끝이었다. 남편이 "운동화 살래? 케냐 전통 바지 같은 거 살래?" 해도 고개를 저었다.

이유가 뭘까? 나는 나이로비에 살지만 나이로비에 속한 사람은 아니다. 나는 그저 외국인, 그뿐이다. 이곳 사람들의 사회적인 시선으로 평가받지 않는다. 나의 외모, 차림새와 상관없이 사람들은 나를 그저 외국인으로 받아들인다. 나도 나를 그렇게 느낀다.
서울에서의 나는 반대다. 겉모습으로 타인에게 내 정체성을 증명해야 한다는 압박을 강하게 느꼈다. 내가 '잘' 꾸미고, '좋은' 집에 살고, '좋은' 곳에 가는 모습을 보여야 나 스스로도 내가 잘 살고 있다고 느꼈다. 그러지 않을 때면 내가 잘 살고 있지 못하는 것 같아 자존감이 떨어졌다.
이토록 차이가 나는 이유는 내가 타인의 시선을 과하게 신경쓰는 사람이어서다. 타인의 시선을 크게 신경쓰지 않는 사람들은 어디에 살더라도 같은 모습을 유지할 것이다. 그것이 더 건강한 자존감이다.

실제로 사람의 정체성은 자존감, 그리고 소비와 밀접하게 연결되어 있다고 한다. 자존감이 낮아지면 그 상황이나 상처를 치유하기 위해 고가의 물건을 구입하는 경향이 있다는 것이다. 미국의 저소득층을 대상으로 조사가 진행되었는데, 자존감이 낮을

수록 명품을 더 많이 구매하려는 성향을 보였다고 한다. 그런데 자존감이 낮아졌을 때 그것을 회복할 수 있는 다른 방법을 제공하니 명품에 대한 사람들의 소비 욕구가 감소했다는 것이다. 소비단식을 위해서는 나의 정체성이 어디에 있는지 고민해보고, 자존감을 높일 다른 방법을 찾아야 한다.

자존감을 높이기 위해 나는 세 가지 노력을 했다. 첫 번째는 앞에서 소개한 감사일기 쓰기(130쪽)다. 기록을 남기니 내가 가지고 있는 것을 인식하고 긍정할 수 있었다. 두 번째는 내 주변 환경을 강제하는 것이다. SNS 줄이기, 나를 작아지게 만드는 친구들과의 만남 줄이기 등이다. 내 자존감이 낮아질 상황을 만들지 않았다. 세 번째는 "그럼 뭐 어때" 하고 생각하기다. 『에고라는 적』(라이언 홀리데이 저)에 따르면 결국 현재의 상황에 불만을 가지고 마음을 무엇으로 채우거나 가리려고 하는 것은 모두 내 자아ego가 강하게 살아 있기 때문이라고 한다. 예전에는 이렇게 생각했다. '아, 이렇게 입고 가서 없어 보이면 어쩌지? 좋은 식당에서 비싼 밥을 사지 않으면 쪼잔하다고 생각할 거야.' 그런데 이 책을 읽고 이 모든 생각이 '나'로부터 비롯된다는 것을 알았다. 나를 괴롭히던 내 정체성은 다른 누구도 아닌 내가 만들고 있었던 것이다. 그래서 외치기 시작했다.

"그럼 뭐 어때!"

남들이 나를 어떻게 생각하는지가 무슨 상관인가? 그들이 나를 알아준다 한들, 또 알아주지 않더라도 나는 나다. 나는 변하지 않는다. 오늘도 옷을 고르는데 내 안에서 질문이 들려왔다. "촌

스러운 사람으로 보이면 어쩌지?" 나는 대답한다. "그럼 뭐 어때!" 깨끗하게 세탁한 바지와 티셔츠를 꺼내 입었다.

내가 가진 것들로 나를 표현하지 않아도, 지금 내 모습 그대로 받아들여질 것이라고 믿는다.

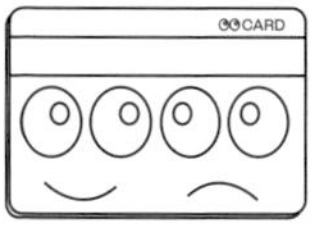

+ 5

이사하기

소비하려는 자, 그 무게를 견뎌라

처음 나이로비로 이사할 때, 살던 집을 정리하는 것은 상상을 초월할 정도로 어마어마한 일이었다. 국내에서 이사하거나 여행 가방을 꾸리는 것과는 차원이 다른 일이었다. 아니, 솔직히 이보다 더 힘든 일이 또 있을지 쉽게 떠오르지 않는다. 나이로비에 가져갈 짐들은 무게를 달아 이민 가방에 넣고, 나머지 짐은 모두 정리해야 했다. 집을 완전히 비우는 것이다. 물건을 하나하나 보며 팔 것인지, 버릴 것인지, 가져갈 것인지, 아니면 누구에게 줄 것인지를 결정해야 한다. 한 달 넘게 집은 쑥대밭이었다.

짐은 나오고, 나오고, 또 나왔다. 아무리 나누고 팔고 버려도 계속 나왔다. 박스를 몇 개나 옮겼는지, 쓰레기 봉지를 얼마나 버렸는지 모른다. 내가 이토록 많은 쓰레기를 품고 살았다니 기가 찼다. 다시는 이렇게 짐을 쌀 일이 없을 거라고 생각했다.

그런데, 다시 나이로비에서의 삶을 정리할 때가 돌아왔다. 남편이 새로운 나라로 발령을 받은 것이다. 이번에는 짐을 직접 정리하지 않으려 했다. 큰 가구 몇 개만 팔고 국제이사 업체를 통해 진행하려고 했는데, 견적을 내보니 만 달러도 넘게 나와 할 수 없이 우리 손으로 짐을 싸기로 했다. 이사 결정이 난 건 중순이었고, 말일까지는 집을 완전히 비워야 했다.
게다가 사정상 모든 짐을 다 가지고 한국에 들어갔다가 다시 새 발령지로 가지고 가야 하는 상황이 되어버렸다. 설상가상 비행기로 짐을 보내려다 보니 가져갈 수 있는 짐의 수량이 얼마 되지 않았다. 짐 싸기가 다시 시작되었다. 커다란 이민 가방을 수없이 저울 위로 올렸다 내렸다 하며 무게를 맞췄다. 무게 때문에 밥솥도 빼고 이불도 빼다가 주저앉아 엉엉 울었다.

"밥솥이랑 이불도 못 들고 다니고 이게 뭐야, 엉엉…."

밥솥과 냄비의 무게를 달아봤는가? 책 열 권의 무게를 아는가? (참고로 책 열 권은 5킬로그램 정도 된다.) 이민 가방에 책과, 냄비를 넣었다 뺐다 하며 깊이 고뇌했다. 남아 있는 식재료들은 팬데믹 상황인지라 나눠줄 수도 없어 결국 버렸다. 그것들이 담겨 있던 온갖 병을 씻는데 한숨이 절로 나왔다. 내 삶에 반드시 필요한 것들이 두통과 요통 속에서 결정되고 있었다. 힘들어서 한참 울다 다시 짐을 싸기를 몇 주, 우여곡절 끝에 이민 가방과 캐리어 열네 개로 짐을 정리했다. 떠나기 직전까지 밤새도록.

사실, 글을 쓰면서도 그때의 기억이 되살아나 괴롭다. 내 인생에서 가장 힘든 경험이었다. 심신이 이렇게 고통받은 적이 또 있나 싶다. 허리는 끊어질 듯 아팠고, 먼지 탓에 기침이 멈추지 않았다. 총체적 난국이었다. 생전 안 눌리던 가위도 자주 눌려 남편이 여러 번 깨웠다. 그렇게 싼 짐을 옮기는 것도 눈물나게 고통스러웠다. 몇백 킬로그램이나 되는 짐을 몇 번이나 올렸다 내렸다 하며, 노마드의 삶에 대해서 생각했다. 진정한 노마드의 삶은 자신의 삶을 영위는데 쓰이는 물건들의 무게를 직접 느낄 때 시작되는 것이 아닐까? 내가 직접 모든 짐을 싸고 무게를 달고 옮기게 될 줄 알았다면 밥솥도, 냄비도, 책도, 옷도 사지 않았을 것이다.

작은 밥솥, 그릇 몇 개, 냄비 하나, 좋아하는 책 몇 권, 티셔츠와 바지 몇 벌, 잠옷과 속옷. 이 정도면 충분했을 짐이 수백 배 늘어나 있던 것은 다 내가 직접 들고 다니지 않아도 된다고 생각했기 때문이다. 내가 감당할 만큼의 물건만 지닌다는 것은 어떤 것일까.

단순히 여행을 다니는 것과 삶을 지탱하는 모든 것들을 어깨에 짊어지고 다니는 것은 전혀 다른 차원의 일이다. 수저조차 무겁게 느껴진다. 앞으로는 이 모든 무게를 짊어진다는 생각으로 물건을 사겠다고 마음먹었다. 모두가 그럴 필요는 없다. 각자의 삶에 맞는 방식이 있을 것이다. 하지만 '내가 짊어진다'는 기준을 가지면 적어도 비슷한 물건을 또 사지 않을 것이다.

이후에도 짐을 쌀 때면 이것도 저것도 필요하지 않을까 자꾸만 걱정과 욕심이 밀려들었다. 그럴 때마다 생각한다. 처음 나이로비에 가지고 간 수백 개의 물건 중 절반은 한 번도 꺼내지 않았다는 것을. 꼭 필요한 의약품 등을 제외하면, 없어서 안 될 것은 없다. '있으면 좋은 것'이 아닌 '없으면 안 되는 것'을 결정해야 한다. 나는 이미 없으면 안 되는 것은 충분히 가지고 있다.

다시 한국으로 돌아왔다. 고통 속에서 이삿짐을 쌌다.
'없으면 안 되는 것'들만 지니고 살아가자.

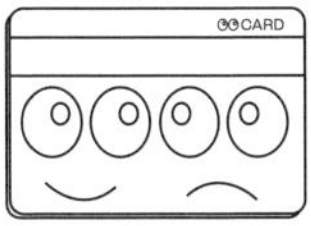

+ 6

빚으로 투자하기

빚 갚으려다 빚 늘어난 이야기

제목에서 알 수 있듯이 빚 갚으려다 빚이 늘어난 이야기를 해 보려 한다. 정말 뼈아픈 실수라 밝히는 것을 여러 번 망설였지만, 카드값 500만 원도 밝힌 마당에 밝히지 못할 이유는 없다.

2021년 초, 많은 사람들이 가상화폐를 통해 거대한 부를 축적했다는 기사와 부동산 가격 폭등 등으로 상대적 박탈감에 시달리던 때였다. 당시에 나는 한 가상화폐 백서를 윤문하는 작업을 하고 있었고, 마침 연관된 회사에 면접을 보게 되었다. 면접에 앞서 가상화폐에 대해 알아둬야겠다는 생각이 들어 난생 처음으로 한 코인을 구매했다. 몇 주가 지났을까, 그 코인 가격이 네 배 올랐다.

심장이 벌렁거려 정신을 차릴 수 없었다. 다음 날 수익이 난 코인을 판매했다. 고작 한 달만에 몇 배의 수익을 얻다니! 여기서부터가 문제였다. 돈 버는 일이 너무도 쉽게 느껴졌다. 어리석게도, 빚을 갚기 위해 소비를 줄일 게 아니라 수익을 늘려야겠다는 생각을 하고 말았다.
한 달이면 적어도 두 배는 될 테니 대출을 받아 투자해도 괜찮겠다고 생각했다. 흔히들 말하는 '빚투(빚내서 투자)'다. 수익률이 높으니 투자를 위해 빌리는 돈은 거뜬히 갚을 수 있을 거라 생각했다. 그간 소비단식을 하며 카드값도 잘 갚아서 신용점수가 높았다. 결국 꽤 많은 돈을 대출받아 각종 코인과 주식을 샀다. 소비단식을 하며 거의 다 갚은 빚이 빚투로 인해 순식간에 몇천만 원으로 늘어났다.

나는 투자를 위해 4,000만 원의 대출을 받았다. 3,000만 원으로 코인을 사고 1,000만 원으로 주식을 샀다. 한동안은 약 10퍼센트의 수익률을 유지했으나, 여름 이후 계속해서 마이너스 수익률을 기록했다. 얼마 지나지 않아 대출 상환일이 돌아왔고, 어쩔 수 없이 갖고 있던 주식과 코인을 조금 처분했다. 2,500만 원어치의 코인과 500만 원어치의 주식이 남아 있었다. 주식과 코인 매매창이 파란색인 걸 보면서도 나는 좀처럼 포기를 못 하고 있었다.

내일이면 막 오르지 않을까?

오늘 팔면 내일 후회하지 않을까?

그런 일은 없었다. 다음 날은 더 아래로 내려갈 뿐이었다. 그러기를 수개월, 매번 내야 하는 상환금에 정신을 차릴 수 없었다.

나는 이미 투자 손해를 본 것은 물론 새로 출근한 회사에서 받는 월급 대부분을 상환금에 쓰고 있었다. 참으로 이상한 계산법이었다. 빚투의 끝은 마이너스 수익률이고, 이제 나는 그간 쌓인 대출 이자나 갚아야 하는 걸까? 마이너스 삶이 점점 깊어져 갔다. 월급이 들어와도 순식간에 사라졌다. 카드값을 갚을 때와는 허무함의 차원이 달랐다.

그렇게 차트를 들여다보던 어느 아침, 문득 '내가 대출을 안 받고 갖고 있던 빚을 월급으로 정리했다면?' 하고 생각해봤다. 단 3개월이면 충분히 갚았을 금액이었다. 정신이 번쩍 들었다. 어느 날 정신줄을 놓고 대출을 받았지만, 이제 모든 것을 다시 제자리로 돌려놓자는 생각이 들었다. 남아 있는 코인과 주식을 정리하기 시작했다. 결심했으니 하루 만에 다 정리하는 게 옳았겠지만, 역시 쉽지는 않았다. 오르내리는 코인을 보며 몇 번이나 망설였고, 정리하는 데 며칠이 걸렸다.

가장 큰 문제는 코인과 주식에 손을 댄 기간 동안 소비단식을 전혀 실천하지 못했다는 것이다. '이제 나는 돈을 많이 벌 테니 소비단식은 안 해도 된다'는 안일한 생각을 했다. 소비단식의 본질을 잊어버리고 마음대로 중단한 것이다.

소비단식과 다이어트는 정말 닮았다. 건강을 위해 관리하며 노력하면 적정한 체중과 튼튼한 몸은 저절로 따라오기 마련인데, 몸무게 줄이기에만 집착하면 극단적인 방법을 사용하게 되고 결국 요요가 온다. 내가 소비단식을 시작한 것도 처음엔 단순히 빚, 카드값을 갚기 위해서였다. 하지만 요요를 경험하고는 '건강한 소비습관 갖기'로 목표를 정해 내가 소비하는 것들에 대해 고민하고 줄였다. 그런데 갑작스러운 코인과 주식, 그리고 단기간에 큰돈을 벌려고 했던 욕심이 나를 원래보다 더 안 좋게 만들어버렸다.

길을 잃은 3개월만큼 소비단식을 더 하기로 했다. 처음 각오했던 1년을 순수하게 채우는 게 이렇게나 어려울 줄이야. 여름에 시작해 여름에 끝나야 했던 소비단식이 가을까지 이어지고 있었다.

소비단식을 하는 데 우여곡절이 이렇게나 많다니.
나는 얼마나 나약한 인간인가. 포기하지 말고 다시 시작하자.
그것이 바로 내 소비단식 원칙이니까.

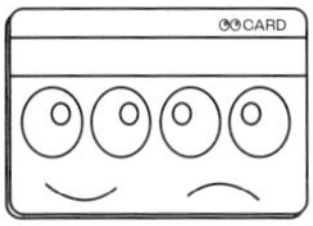 + 7

대출상환

도대체 나는 왜 그랬을까

직장생활을 다시 시작하며 받는 월급을 모두 대출금 갚는 데 사용하고 있다. 정기적인 수입이 생기니 원래 가지고 있던 빚을 갚는 속도는 더 빨라졌다. 대출상환 완료 문자를 하나둘씩 받을 때마다 뿌듯했다. 그리고 드디어 원래 가지고 있던 빚 910만 원을 모두 상환했다. 소비단식을 시작한 지 9개월 만의 일이다. 10년 가까이 가지고 있던 학자금 대출과 카드값이 사라졌다.

하지만 그 기쁨을 삼켜버리는 것은 투자를 위해 받은 대출들이었다. 소비단식을 하면서는 신용카드를 거의 사용하지 않아서, 할부금도 빠르게 줄었다. 그렇다면 카드값도 0원이 되어야 했지만, 투자를 위해 대출받은 4,000만 원 중에 장기 카드대출이 있어서 결국 매달 상환해야 하는 카드빚이 늘어났다. 나는 빚에서 벗어나 자유를 얻겠다고 주식과 코인이라는 위험한 선택을 했고, 결국 전에 갖고 있던 모든 빚을 다 상환하고도 카드값에서 자유롭지 못했다. 소비단식 기간에 한 것 중 가장 후회하는 일이 빚투다. 빚투는 빚을 갚는 기쁨도 다 가져가버렸다. 도대체 나는 왜 그랬을까?

내 심리는 도박을 하는 사람들과 비슷했던 게 아닐까 생각한다. 도박은 확률 게임으로, 처음에 결과가 좋았다고 해서 그다음 결과까지 좋다고 보장할 수 없다. 투자도 마찬가지다. 오늘의 수익이 내일의 수익이 된다는 보장이 전혀 없지만, 나는 가능할 거라고 생각했다. 초심자의 운이 따른 투자 초반의 좋은 결과들을 당연하다고 여겼다. 그래서 조금만 기다리면 원래대로 돌아오거나 더 좋은 결과를 가져다줄 것이라고 여겼다.
게다가 이미 투자한 돈을 비용이라고 생각하지 못했다. 경제학에는 매몰비용sunk cost이라는 개념이 있다. 이미 사용된 비용이 그 이후의 결정에 영향을 주어서는 안 된다는 것이다. 쉽게 생각하면 이렇다. 식당에서 음식을 주문해서 먹다 보니 배가 부른데 음식이 남았다면 어떻게 하겠는가? 낸 음식값이 아까워서 꾸역꾸역 먹을 때가 많다. 하지만 경제학적으로 봤을 때 이건 비효율적인 선택이다. 이미 지불한 음식값은 매몰비용이다. 음식을 통해 느낄 수 있는 최대 효용가치를 이미 느꼈다면 거기에서 멈추고 음식을 남기는 것이 효율적인 선택인 것이다. 매몰비용이 아까워서 비효율적인 선택을 해서는 안 된다. (물론 남은 음식은 포장해서 나중에 먹는 것이 가장 좋겠지만.)

내게는 투자가 그랬다. 투자를 위해 넣은 돈을 매몰비용이라 생각하지 못했고, 빨리 정리하지 못했다. 무엇이 나에게 더 중요한지 생각해야 했다. 기다리면 회복된다는 믿음이 있다면 그렇게 할 수도 있다. 하지만 기다리는 동안 고통을 느끼느니 그것을 정리하고 심적인 자유를 얻는 것도 개인의 선택이다. 나는 기약 없는 기다림이 주는 고통이 너무 커서 벌여놓았던 모든 것을 정리했다. 그렇게 찾은 마음의 평화는 그 어떤 것보다도 크다.

소비단식 9개월 만에 시작할 때 가지고 있던 빚을 모두 갚았다.
남은 것은 투자를 위해 받은 대출금이다.

발견 노트

빚이 있을 때 우리 마음은

한 연구[+5]에 따르면 사람은 재정적 불안을 생각하는 것만으로도 고통을 느낄 수 있다고 한다. 재정적으로 불안정한 상황을 떠올린 사람들이 안정된 상황을 떠올린 사람들보다 육체적 고통을 거의 두 배나 더 느꼈다는 것이다. 빚이 있다고 가정만 해도 육체적 고통이 있는데, 실제로 빚이 있을 때 사람의 심리는 어떨까?

빚이 스트레스를 유발한다는 것은 이미 많은 연구가 뒷받침한다. 미국 대학생의 23퍼센트가 신용카드 사용으로 생긴 부채를 천 달러 이상 갖고 있다는 보고가 있다. 이 빚은 과체중 혹은 비만, 불충분한 신체 활동, 과도한 텔레비전 시청, 패스트푸드 소비, 폭음, 약물 남용 및 폭력 성향과 높은 연관성이 있었다고 한다. 또, 빚이 많을수록 사치품을 사고자 하는 욕구도 커진다고 한다. 빚이 늘어날수록 자신의 위치가 낮아졌다고 인식하게 되고, 이를 상쇄하기 위해 사치품을 더 구매하고 싶어 한다는 것. 대출의 종류에 따라서 느끼는 스트레스의 정도도 다르다.

1위: 고금리 단기 신용 대출

2위: 신용카드 대출

3위: 학자금 대출

4위: 할부 거래

5위: 은행 대출 (보험 대출 포함)

6위: 가족이나 친구에게 진 빚

7위: 모기지

8위: 주택담보 대출

나는 1위부터 5위까지에 해당하는 빚을 모두 가지고 있었다. 내가 오래도록 불안에 시달린 이유는 어쩌면 이러한 빚에서 온 것인지도 모르겠다. 단순한 원칙이 생겼다. 대출상환을 최우선 순위에 두고 최대한 빨리 갚자. 그리고 빚투는 앞으로 절대 하지 말자.

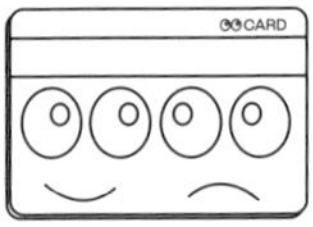

\+ 8

경제적 자유

대출이 0원이 되던 날

빚투로 받은 대출까지 모두 상환했다. 더이상 카드값이 나오지 않는다. 매달 갚아야 할 돈도 없다. 투자를 위해 대출을 받은 지 6개월 만이다. 그간 월급을 온전히 빚 갚는 데 사용했다. 빚은 생긴 뒤 곧장 갚지 않으면 순식간에 늘어난다. 마치 다이어트와 같다. 연휴에 많이 먹어서 체중이 늘었을 때, 연휴가 끝나고 바로 조절한다면 비교적 짧은 기간에 돌아올 수 있다. 하지만 그대로 방치하면 새로 붙은 살은 내 몸의 일부가 된다. 원래 몸무게로 돌아가려면 오래 걸린다.

나는 아주 오랫동안 빚을 갖고 있었다. 대학원을 다닐 때 받은 학자금 대출과 박사 공부를 마친 기념으로 구입했던 노트북 할부금도 소비단식을 시작한 뒤에야 갚을 수 있었다. 10여 년을 가장 높은 스트레스 레벨의 빚(148쪽)이 있는 채로 살았다.

적지 않은 시간 동안 직장생활을 했지만, 그간 제대로 된 저축을 단 1원도 못 했다. 소비하느라 구멍난 곳들을 메꿔야 했으니까. 내 가족들에게도 얼마나 미안한 일인지 모른다. 이제야 나는 자유의 몸이 되었다.

나에게 경제적 자유는 무엇일까

'경제적 자유'란 재정적인 부분에서 내 삶을 선택하고 통제할 수 있음을 의미한다. 그러나 그 삶의 선택이란 게 언제나 고급 주택과 자동차, 보석과 가방을 의미하는 것은 아니며, 그것은 자신이 정하는 것이라는 기사를 읽은 적이 있다. 누군가에게는 경제적 자유가 좋은 집과 자동차를 타고 편히 쉬는 것일 수 있고, 누군가에게는 여행을 다니는 것일 수 있다.

나에게 경제적 자유란 뭘까? 나는 돈에 구애받지 않고 하고 싶은 일을 하고 싶다. 누군가는 그것이 소비단식과 어떤 관계가 있냐고 반문할 수도 있다.

소비단식은 내 삶의 기회비용을 줄이는 일이다. 내가 삶을 살아가는 데 비용을 적게 쓰면, 내가 선택할 수 있는 행동의 범위가 점점 더 넓어진다. 예컨대 생활비로 30만 원이 필요한 사람은, 모아둔 돈으로 하고 싶은 일을 하면서 지낼 수 있는 기간이 60만 원의 생활비가 필요한 사람보다 더 길 것이다.

생활비가 많이 들고, 갚아야 할 빚이 많다면 선택의 폭은 좁을 수밖에 없다. 다니는 직장이 싫어도 계속 다닐 수밖에 없다. 소비단식을 통해 생활에 필요한 비용을 줄이고 가볍게 만든다면, 조금 더 적은 월급을 받아도 하고 싶은 일에 도전할 수 있다. 새로운 커리어를 위해 무언가를 배우는 시간을 가지고자 할 때도 훨씬 빠르게 행동으로 옮길 수 있을 것이다. 나는 이렇게 생활에 필요한 비용을 줄여서 가볍게 살아가는 것이 경제적 자유라고 생각한다. 이제 나는 경제적 자유를 위해 나아갈 것이다.

사고 싶은 걸 다 살 수 있을 만큼 돈을 갖는 게 아니라
하고 싶은 일을 할 수 있을 만큼 돈을 갖는 것.
내가 생각하는 진정한 경제적 자유다.

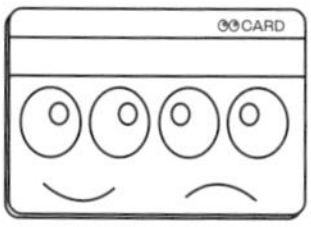

\+ 9

저축

티끌이 쌓이면 티끌?

대출을 모두 상환한 뒤 첫 월급날이 돌아왔다. 내 월급을 가져가는 악의 세력은 사라졌다. 이제 월급을 가져가는 것은 약간의 공과금을 비롯해, 몇 가지 미디어 구독료, 보험료, 주택청약, 결연한 아이들에게 보내는 후원금 정도다.

이렇게 고정 비용이 빠져나가면 월급의 80퍼센트 정도가 남는다. 여기서 10퍼센트는 비상금 통장에 넣고 70퍼센트를 저금한다. 특별히 어떤 기준을 세우고 비율을 정한 것은 아닌데, 꼭 필요한 만큼을 제외하고는 모두 저축하기로 결정하니 자연스레 정해졌다. 이게 얼마만의 적금인가. 한때 재태크 책을 읽고 풍차 돌리기니 뭐니 해서 적금 통장이 수십 개인 적도 있었는데, 돈이 급할 때마다 해약하는 것도 귀찮아 그만두었다. 이제는 1년짜리 적금을 한 개 든다. 이유는 단순하다. 2년이나 3년짜리 적금을 들면 중도에 해지할 것 같아서. 하지만 1년이면 견딜 수 있을 것 같았다. 나의 저축 목표는 중도에 해지하지 않고 만기를 달성하는 것이니 1년짜리 상품이면 충분하다.

저축은 소비단식과도 연관이 깊다. 『돈의 심리학』의 작가 모건 하우절은 저축과 절약이 얼마나 중요한지 강조하며, 부를 쌓는 일은 사실 투자 수익률보다는 저축과 관계가 깊다고 말한다. 그리고 이 저축은 생활에서 소비를 줄일 때 가장 쉽게 할 수 있다고 설명한다. 아주 단순히 생각하면 부는 벌어들이고 난 후 남은 것을 축적해 생기기 때문에, 저축률이 높지 않으면 부를 쌓기는 어렵다는 것. 꼭 필요하지 않은 소비 등 삶을 차지하는 온갖 것들의 부피는 줄이고, 저축을 늘리는 것이 재정적 자유를 향한 가장 쉽고 빠른 길이라는 생각이 들었다.
적금 수익률은 연 2퍼센트다. 물가 상승률을 고려하면 사실 마이너스 금리에 가깝다. 아주 귀여운 이율에 피식 웃음이 나왔다. 하지만 이 귀여운 수익률이 나의 미래를 지켜줄 것이라는 사실을 이제는 안다. (내 주식 수익률은 마이너스 15퍼센트였다.)

'돈 모으는 재미'를 조금씩 느끼고 있다. 책이나 카페에서 사람들이 돈 모으는 재미를 아무리 이야기해도, 전에는 '티끌 모아 티끌' 같아서 와닿지 않았다. 나는 일확천금을 꿈꿨고, 언젠가 어마어마한 연봉을 받게 될 거라 믿었으니까. 그러나 그런 기회는 찾아오지 않았고 빚의 굴레에 빠졌다. 이제 나는 티끌의 힘을 믿는다. 티끌 같은 카드값이 모여서 눈덩이처럼 쌓였듯이, 나의 작은 월급들이 저축으로 쌓여 경제적인 자유를 주리라.

1년짜리 적금을 시작했다. 주식도 하고 코인도 했지만,
돌고 돌아 결국 답은 월급과 적금이라는 결론을 내렸다.

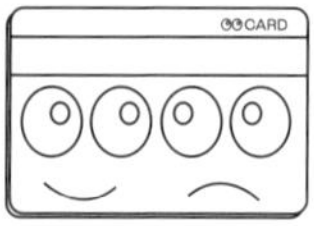

\+ 10

소비단식 결산

포기하지 않는다는 원칙

"○ ○ ○ 님의 이번 달 결제 예정 금액은…."

이런 문자는 이제 오지 않는다. 카드값 500만 원에서 시작된 소비단식이 거의 2년이 다 되어서야 끝이 났다. 중간에 요요가 온 적도 있었고, 투자를 위해 대출을 잔뜩 받았다가 오히려 빚이 늘어나기도 했다. 이 굴곡마다 소비단식을 멈춰 종료일이 계속 뒤로 밀렸다. 하지만 스스로 세운 원칙대로 포기하지 않았다. 결국 내가 세운 많은 원칙 중 '포기하지 않는 것', 그것이 소비단식에 있어서 가장 중요했다.

처음 소비단식을 시작했을 때는 마이너스 1,600만 원이었다. 소비단식이 끝나고 몇 달이 지난 지금, 월급을 저축해 플러스 1,000만 원이 되었다. 우여곡절 끝에 드디어 마이너스 삶에서 플러스 삶에 진입했다.

소비단식을 하는 내내 여러 변화가 있었다. 채식을 하게 되었고, 직장이 생겼으며, 모든 대출을 정리했고, 약간의 저축이 생겼다. 카드값은 0원이 되었고 더이상 병원을 다니지 않아도 될 만큼 마음도 건강해졌다. 아마 이렇게 일기를 쓰지 않았다면 끝까지 해내지 못했을 것이다. 소비단식이 가져온 변화를 정리해 보려고 한다.

정기적인 수입이 생겼다

대학원에서 막 공부를 마치고 직장도 없이 누워 있을 때 내게 필요한 돈을 계산하며 매달 얼마씩이라도 제대로 벌면 좋겠다고 일기에 적은 적이 있었다. 소비단식을 하며 외주나 단기 계약 등으로 작게 일을 시작했고, 그사이에 정규직이 되어 지금은 수입이 더 늘었다. 예전의 나였다면 수입이 늘면 지출도 덩달아 늘었을 텐데 지금은 거의 변화가 없다. 월급날 읽고 싶던 책을 한 권 사서 보는 정도의 사치를 부리고 있을 뿐이다.

저축이 생겼다

이제는 더이상 돈이 통장을 스치고 지나가지 않는다. 대신 예금액의 앞자리가 바뀌고 저축이 넉넉하게 쌓이기 시작했다. 저축은 나에게 자유다. 언젠가 하고 싶은 일이 생기면 그것을 향해 과감하게 방향을 틀 수 있는 힘을 주고, 우리 가족의 삶에 예상치 못한 변화가 찾아올 때면 든든한 버팀목이 되어줄 것이다.

대출을 정리하고, 카드값이 0원이 되었다

금융 앱에서도 축하해줬다. ("지난 달에도 열심히 갚으셨군요!"

라는 문구가 떴다.) 사실 대출 없는 삶, 카드값이 없는 삶은 내 예상보다 평범했다. 종종 빚이 없다는 사실을 떠올리며 미소를 짓게 됐고 내 자신에게도 잘했다고 말해줬지만, 그 뒤의 삶이 드라마틱하게 변한 것은 아니다. 하지만 얼마 쓰지도 않은 것 같은데 매달 힘들게 번 돈을 모두 바쳐야 하는 소작농 같은 삶에서, 이제는 내가 거둔 곡식을 내 곳간에 넣는 평범한 농민이 된 것 같은 작은 기쁨을 누리고 있다.
카드값 없는 달이 시작될 때는 약간 어색하기도 했고, 혹시 어딘가에 남은 카드값이 있는 것은 아닐까 살짝 불안했다. 월급을 아무도 가져가지 않자 부자가 된 기분에 또 마구 소비할 뻔했다. (역시 사람은 쉽게 변하지 않는다.) 하지만 월급날인 25일마다 이 통장 저 통장으로 돈을 옮기지 않아도 되며, 카드 명세서를 받아들지 않아도 된다는 사실은 깊은 안도감을 주었다.

약을 먹지 않게 되었다

드디어 병원을 다니지 않게 되었다. 나이로비로 가면서 약을 끊는 계획을 세웠고, 의사 선생님도 서서히 약을 줄여갈 수 있도록 처방을 해줬다. 그렇게 간 나이로비에서의 단순한 삶이 나를 치유했다. 그 이후로 약이 필요하지 않게 되었다. 마지막 약을 먹던 날의 파란 나이로비 하늘이 여전히 기억난다. 처음엔 약을 먹지 않는 삶이 어색했고 괜찮을까 불안하기도 했다. 하지만 적응 기간을 무사히 잘 보내고 이제는 약 없이도 잘 자며 일상생활을 유지하고 있다.
내 마음이 건강해져서 소비가 준 것인지, 아니면 소비가 줄어 내 마음이 나아진 것인지는 정확히 알 수 없다. 하지만 서로 좋은 영향을 주고받은 것은 확실하다. 카드값이 줄수록 마음이 점점 나아지는 것을 자주 느꼈다.

다시 시작하기

소비단식을 하는 내내 시행착오가 너무 많아서 과연 이것이 바람직한 소비단식인가 여러 번 고민했다. 과연 이 일기를 공개하는 것이 맞는지 근본적인 고민도 있었다. 누군가에게는 10년에 한 번 일어날 일이 누군가에게는 몇 달 사이에 일어나기도 하는 것이 인생이다. 어떤 이는 평생 경험하지 않는 실패와 굴곡을 나는 불과 2년도 안 되는 사이에 겪었지만 결국은 다시 제자리로 돌아올 수 있었다. 모두 이렇게 소비단식을 하고 글을 쓴 덕분이었다. 그래서 나는 결심했다. 앞으로도 계속해서 소비단식을 이어가자고.

앞으로도 나는 자주 실수할 것이고, 또 언제 사고를 칠지 모른다. 그러나 언제나 그랬듯이 포기하지 않을 것이다. 더 줄일 곳은 없는지, 불필요한 소비는 없는지 찾아보며 더 가볍게, 자유롭게 살아가고 싶다.

앞으로도 소비단식을 이어가기로 결심했다.
다이어트는 성공보다 유지가 더 중요하니까.

Ending Page
유지의 기술

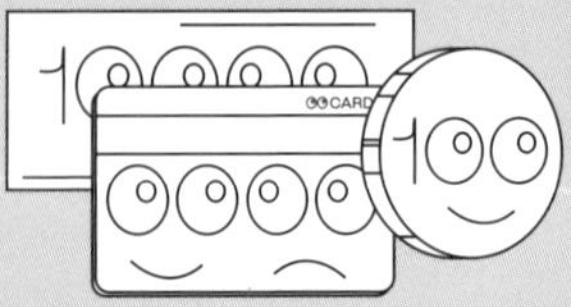

예산 지키기

예산은 중요하다

다이어트도 감량보다 유지가 더 어렵다고 하지 않나. 운동, 식습관 등 애써 고친 생활 습관을 지키지 않으면 감량한 체중을 유지하는 것은 어렵다. 날로 번창하는 다이어트 시장을 보며 사람이 얼마나 관성적인지 새삼 느낀다. 그리고 나의 소비단식도 그렇다.

빚을 다 갚았지만 건강한 소비습관이 완벽하게 자리잡은 것은 아니다. 여전히 나는 가지고 싶은 것도 가고 싶은 곳도 많다. 카드값을 0원으로 유지하는 것은 내게 상징적인 의미였다. 카드값 0원이 무너지면 내 마음도 와르르 무너질 것 같았다. '뭐, 또 갚으면 되지'라는 생각이 머리를 스칠 때마다 고개를 세차게 흔들었다.

카드값을 0원으로 유지하기 위해선 반드시 예산에 기초한 삶을 살아야 한다. 예산 내에서 돈을 사용하는 것, 즉 내 삶에 또 하나의 경계를 만들어두는 일이 필요하다. 체크카드의 범주 내에서 소비하는 게 누군가에게는 너무도 쉬운 일이지만 나에게는 높은 산을 오르는 것만큼 숨차는 일이었다. 예산은 비상금과 한 달 생활비를 합쳐 정했다. 비상금은 카드값을 0원으로 유지하는 데 높이 기여한다. 매달 내 월급의 10퍼센트 정도를 비상금 통장에 넣어뒀다. 즉시 사용할 수 있는 현금이 어느 정도 있어야 카드 사용하는 일을 줄일 수 있다.

친구를 만나거나 쇼핑을 하기 전에 통장 잔고를 먼저 들여다본 적 있는가? 소비단식 이전의 나는 그런 적이 전혀 없었다. 통장 잔고가 아니라 신용카드를 챙겼는지를 확인했다. 신용카드를 열심히 사용했기에 한도는 컸고, 친구를 만나 신나게 밥도 사주고 충동적으로 신발도 사고 돌아오는 길에는 아이를 위한 장난감도 샀다.
예산이 있는 삶은 생활을 조심스럽게 만든다. 예전의 내가 봤다면 '소심해! 구차하다!'라고 말할 정도다. 장을 보러 가기 전에는 꼭 리스트를 적고 대략적인 비용을 계산해둔다. 예산이 10만 원이면 그 예산을 지키자고 계속 생각한다. 못 보던 물건이나 신기한 것이 있어도 이것저것 쓸어 담고픈 마음은 누르고 심호흡한다. 그런 뒤 리스트에 있는 물건만 담는다. 아이와 함께 외출을 할 때는 항상 주스와 간식을 들고 나간다. 옷장과 냉장고 안도 늘 정리한다.

일주일 동안 부지런히 집밥을 해 먹으면 장 본 것이 모두 사라지면서 냉장고가 빈다. 계란도 당근도 양파도 하나 없이 비워진 식료품 바구니를 보면 "이번 일주일도 잘 살았다"는 말이 절로 나온다. 주말 아침에는 다 같이 카페에 가서 가성비 좋은 브런치 메뉴를 시켜 나눠 먹은 뒤, 장을 봐서 돌아온다. 외식 두 번 할 것을 한 번으로 줄여 고급 한식당이나 일식당에 가기도 하고, 생일에는 비상금을 사용해 근사한 레스토랑에 가기도 한다. 아이는 장난감보다 박스를 잘라 물감을 칠하며 노는 것을 더 좋아하고, 내가 만들어주는 감자튀김을 밖에서 먹는 음식보다 더 좋아한다. 예산 안에서 사는 조심스러운 생활 속에도 행복한 순간들이 곳곳에 있다.

카드값을 0원으로 만드는 것은 마음이 100으로 꽉 채워질 때 가능한 것 같다. 마음이 허전하지 않을 때 내 카드값은 0원이 된다. 그러기 위해서는 내가 해야 할 일들이 더 있었다.

소비단식은 우리의 행복을 빼앗지 않는다.
아니, 오히려 더 기쁨으로 가득 채워준다.

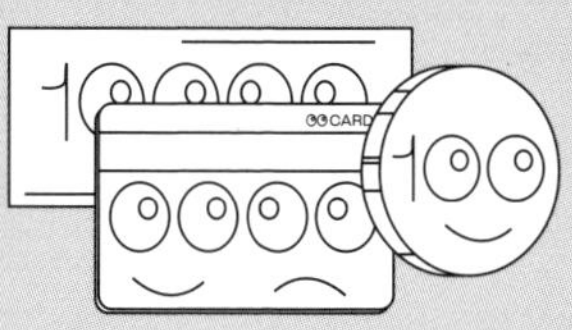

+ 2

논리 점검

필요를 만들어내지 않기

소비단식을 유지하기 위해서는 내 삶에 '필요'를 만들어내지 않는 것이 중요하다. 나의 뇌는 자기방어 기제가 매우 강해서 사고 싶은 것이 생기면 그것이 과소비라는 생각보다는 '필요한 것'이라는 다양한 논리를 만들어내기 일쑤였다.

요즘은 다시 다른 나라로 이사 가는 것을 준비하며 조금씩 짐을 꾸리는 중인데, 갑자기 멀티쿠커가 눈에 들어왔다. 그간 그런 것 없이도 잘 살았고 나이로비에서 짐 정리를 하며 인덕션이니 오븐이니 다 처분하고 온 터라, 짐을 늘리는 것은 가당치도 않은 일이었다. 그런데도 나는 꾸역꾸역 이유를 만들어내기 시작했다.

- 온 가족이 모여 앉아서 고기도 구워 먹을 수 있고 (나는 고기를 먹지 않는다).

- 주말에는 핫케이크도 구워 먹고 (집에 이미 와플 기계가 있다).

- 손님 오시면 전골도 끓여드리고 (손님까지 함께 먹기엔 작다).

이런 생각들이 가득 차면서 거의 결제 직전까지 갔지만 다행히 남편이 케냐에서 짐 싸던 순간을 잊었냐며 말린 덕에 겨우 사지 않을 수 있었다. 짐을 싸며 울던 그 시간을 기억한다면 짐을 늘리는 일은 하지 말아야 한다. 결국 필요를 만들어내는 것은 나다. 어떻게 하면 필요를 만들어내지 않을 수 있을까?

SNS를 끊는다

내가 생각하는 가장 쉽고도 어려운 방법은 미디어에 노출되는 시간을 줄이는 것이다. 우리는 지금 이 순간에도 수많은 광고와 미디어에 노출되어 있다. 광고는 소비를 촉진하기 위해 온갖 전문가들이 모여 빚은 작품인 만큼, 우리의 마음이 동하는 것은 너무도 당연하다. 너무도 자연스럽게 없던 필요마저 생긴다. 저녁마다 눈을 씻어줘야겠다는 생각이 생전 처음 든 것도, 비누 하나만으로도 머리부터 발끝까지 잘 씻으면서도 샴푸나 클렌징 제품을 자꾸 들었다 놨다 하는 것도 모두 광고와 미디어의 힘이다. 그 유혹을 이겨낼 힘이 없다면 아예 과감히 끊는 것도 방법이다.

나는 인스타그램을 지웠다. 뭔가 궁금할 때 잠시 설치해서 보는데, 이때 친구들 근황도 빠르게 훑고 얼른 지운다. 그 짧은 몇 분 사이에도 자극을 받는다. 고급 호텔에 간 소식을 올린 친구, 멋진 집 사진을 올린 친구의 게시글을 보면 부럽고 내 삶이 초

라해 보이기도 한다. (소비단식을 하기 전에는 밤에 그렇게 한참 SNS를 하다가 쇼핑앱을 열곤 했다.) 지금은 짧게 보고 고개를 저은 다음, 곧바로 다른 일을 시작한다. 여기서 고개를 저었다는 것은, 실제로 고개를 좌우로 흔들었다는 것이다. 좀 웃기지만 정말 효과가 좋다. 어떤 생각이 머릿속을 떠나지 않으면 고개를 흔들어보자.

쇼핑앱 여는 습관을 버린다

습관적으로 쇼핑앱을 열지 않기 위해 의식적으로 노력했다. 나는 스트레스를 받으면 소비를 했던지라 스트레스 관리를 위해 병원도 열심히 다니고 쇼핑앱이 열고 싶어질 때면 책이나 글을 읽으며 불안이나 긴장을 해소하려고 노력했다. 소비단식을 유지하는 지금도 의식적으로 쇼핑앱을 멀리한다.

온라인 쇼핑몰 장바구니에 물건을 담아두지 않는다

소비단식 초반에는 사고 싶은 물건이 있으면 장바구니에 담아두곤 했는데 이제는 그렇게 하지 않는다. 식료품 등은 필요한 것들을 메모한 뒤에 오프라인에서 장을 보기 때문에 그럴 필요가 없다. 사실 장바구니에 담게 되는 물건 대부분은 있으면 좋은 것이지, 꼭 필요하지 않은 경우가 많다.

어떤 일이 실제로 일어나려면 거쳐야 하는 단계가 필요한데, 온라인 쇼핑몰에서 장바구니에 담아 사는 것은 실제로 구입하러 가는 것보다 품이 적게 든다. 이렇게 쉽고 편리해서인지 장바구니에 담아둘 때에 과소비하는 비율이 높다고 느꼈다. 한번 이렇게 느끼고 나니, 아무리 가지고 싶은 물건이 있어도 장바구니에 담지 않게 된다. 며칠이 지나면 그 물건에 대한 필요가 사그라

들거나 잊히고, 결국 사지 않아도 괜찮아진다.

정리정돈을 한다

소비단식을 유지할 때 또 한 가지 중요한 습관은 정리정돈이다. 앞에서 옷을 정리(61쪽)하며 알게 됐는데 정리가 중요한 이유는 다음과 같다. 1. 필요한 물건을 쉽게 찾고 2. 얼마나 남았는지를 아는 것이 중요하기 때문이다.

내게 필요한 물건들이 어디에 얼마나 있는지 알면 생활의 스트레스가 준다. 나는 소질이 없다고까지 느낄 정도로 정리정돈에 능숙하지 못하지만, 그래도 정리를 시작한 뒤로는 줄무늬 티셔츠를 못 찾아서 그와 비슷하게 생긴 일곱 번째 옷을 사는 일은 일어나지 않았다.

필요하지 않은 것에도 필요를 만들어 낼 수 있다는 사실을 인식하면 불필요한 소비를 멈출 수 있다.

\+ 3

작은 성취 만들기

소소하지만 확실하게

마음이 허전할 때, 내 삶이 아무것도 아닌 것처럼 느껴질 때 뭔가를 사고 싶다는 생각이 많이 들었다. 돌아보면 오랜 시간 공부를 할 때 가장 힘들었던 점도 장기간 성취가 없는 상태를 견디는 것이었다. 육아를 하면서도 마찬가지였다. 마감일도, 뚜렷한 성과도 보이지 않는 일들을 계속하다 보니 결국 마음이 지쳤다. 빈 마음을 소비로 채우려 했다. 소비는 내가 이룰 수 있는 가장 쉬운 성취였다.

소비가 아닌 다른 크고 작은 성취들이 마음을 채울 때 뭔가를 사고픈 마음도 자연히 줄어들었다. 소비단식을 유지하기 위해, 앞으로도 소소하지만 확실한 성취를 만들어가려고 한다.

성취 리스트를 만든다

매일 성취할 수 있는 작은 미션들을 적은 리스트를 만들었다. 정말 단순하다. 영양제 먹기, 하루 10분 이상 걷기, 샐러드 먹기, 감사일기 쓰기, 책 한 페이지 읽기 등으로 크게 에너지가 들지 않는 일들이다. 노트에 목록을 적고, 미션을 이룰 때마다 완료 표시를 했다. 그 순간이 그렇게 뿌듯할 수가 없었다. 이렇게 조금씩 읽은 책이 1년에 어느새 열두 권이 되었다. 영양제도 놓치지 않고 잘 챙겨 먹었다. 걷는다는 목표는 아이를 등원시키며 채웠고, 감사일기는 일주일에 적어도 두세 번 정도는 쓸 수 있었다.

매일의 좌절이 쌓여서 깊은 마음의 병이 된다. 반대로 매일의 작은 성취들은 모여 마음을 채우고 튼튼하게 한다. 소비단식 중 넘어지고 실패도 겪었지만 이 작은 성취들 덕분에 포기하지 않고 완주할 수 있었던 것 같다.

기록한다

소비단식 일기를 브런치에 발행하는 것도 나에게는 소중한 성취였다. 글이 쌓여가는 느낌이 좋았다. 작가가 되는 길에 한 걸음 다가간 기분이 들었다. 혼자 출간 계획도 상상하며 작은 즐거움을 느끼기도 했다.

사소하더라도 좋은 일, 뿌듯한 일들은 늘 나만의 작은 성취로 기록했다. 일주일치 장을 꼼꼼히 봐서 기간 내에 다 먹었을 때도, 손수 약과를 만든 순간도 기록했다. 아이가 알파벳을 모두 다 익혔을 때, 스스로 화장실을 다닐 수 있게 된 순간도 기록하고 표시했다. 읽은 책들을 기록했고 일기 쓴 날들도 적어두었다. 소비단식에 도전한다면 일상을 지탱하는 성취들을 기록으로 남겨두길 추천한다. 기록처럼 눈에 보이는 결과들이 있을 때, 소비단식을 유지하기 더 쉽다.

소비가 아닌, 빈 마음을 채울 다른 방법들을 이제는 안다.
그렇기에 넘어져도 다시 제자리로 돌아올 수 있다.

+ 4

에필로그

QnA

소비단식은 나에게 단순히 소비를 줄이는 기간이 아니었다. 스스로에 대해 치열하게 고민하며, 나쁜 소비습관을 버리는 시간이기도 했다. 처음 소비단식을 시작하게 해준 책 『나는 빚을 다 갚았다』의 작가는 소비단식을 마친 뒤 답해보면 좋을 몇 가지 질문을 던진다. 나도 스스로에게 질문하고 답하며 나의 소비단식 여정과 지나온 시간을 정리해봤다. 소비단식을 마치거나 시작할 누군가에게 힌트가 되면 좋겠다.

Q+ 소비단식을 할 때 가장 힘들었던 부분은?

A+ 사고 싶을 때 뭔가를 살 수 없다는 것이었다. 예전 같으면 길을 가다 목이 마를 때 당장 편의점에서 물을 사 마셨을 텐데, 그런 행동을 멈춰야 했다. 특히 처음 소비를 끊어내는 순간들이 아주 고통스러웠다. 다이어트를 할 때 무언가를 먹고픈 욕구를 참아내듯 소비 욕구를 참아내는 것, 특히 아주 작고 소소한 소비를 줄여가는 것이 매우 힘들었다.

Q+ 힘든 도전일 거라고 걱정했으나 막상 그렇지 않았던 것은?

A+ 힘들지 않았던 것은 없다. 매 순간 매 도전이 힘들었다. 이 책에 있는 모든 기록은 내가 나와 치열한 싸움을 한 흔적들이다. 힘들지 않았으면 아마 글도 적지 않았을 것 같다. 그만큼 어려운 도전이었다. 소비단식에 도전한다면 기록을 하거나, 함께할 수 있는 사람을 찾는 것이 좋다. 뭐든 끊어내는 것은 몹시 어렵다.

Q+ 소비단식 이후 가장 자랑스러운 것은?

A+ 카드값을 0원으로 만든 것, 더이상 병원을 다니지 않는 것, 저축을 시작한 것. 너무 감사하고 자랑스럽다. 있을 수 없는 일이라고 여겼지만, 세상에 불가능한 일은 없다는 것을 느꼈다.

Q+ 소비단식이 끝난 지금, 가장 두려운 것은?

A+ 다시 카드를 거침없이 쓰게 될까 봐 그것이 걱정된다. 얼마 전 친구를 만나기 위해 백화점 푸드코트를 방문한 적이 있다. 식재료를 좋아하는 나에게는 놀이동산 같은 곳이었다. 사고 싶은 게 너무 많아서 정신을 잃을 뻔했다. '이제 월급도 남는데 좀 사지 뭐'라는 강렬한 마음속 외침이 나를 흔들었다. 다행히 친구가 나타나 정신을 차리고 아이가 좋아하는 컵케이크 하나만 사서 돌아왔다. 다이어트를 할 때 요요가 오는 원인 중 하나는 '다시 또 빼면 되지'라는 생각이다. 다이어트가 얼마나 고통스러웠는지 잊고 원래대로 돌아가려는 것이다. 나도 마찬가지다. 소비 유혹이 강렬한 장소는 가급적 피하려고 한다.

Q+ 소비단식을 하며 발견한 내가 있다면? 돈을 쓰고 싶다고 느끼는 순간은?

A+ 나는 사람들의 시선을 신경쓰는 사람이며, 그걸 의식할 때 돈을 가장 많이 쓴다는 것을 깨달았다. 얼마 전, 대학원 친구들과의 약속이 있었다. 편하게 입는 친구들인데도, 나는 항상 옷을 새로 사서 입고 나가곤 했다. 그대로의 나를 인정하고 격려해주는 이들인데도 나는 나를 꾸미고 싶었

다. 소비단식을 하며 이번 약속에는 아무것도 사지 말고 있는 옷을 입고 내 모습 그대로 나가리라 결심했다. 생각보다 쉽진 않았지만 결국 집에 있는 옷을 입고 나갔다. 친구들과 보내는 시간은 즐거웠다. 별거 아닌 일 같아도 나에게는 늘 치열한 전투 같다. 언젠가 이 모든 것들이 좀 더 자연스러워지기를 바란다.

Q+ 소비단식 중 인간관계와 관련해 배운 것이 있다면? 그리고 나의 소비단식 키워드를 뽑는다면?

A+ 문제는 타인이 아니라 나 자신에게 있다. 내가 왜 그렇게 타인의 시선에 신경을 쓰는지 잘 들여다보고 그 문제들을 해결할 수 있어야 한다. 다만 유달리 만날 때 신경이 쓰이는 사람들이 있다. 소비단식 기간에는 그런 이들과의 만남을 가급적 자제했다. 나의 소비단식에서 중요했던 키워드를 뽑아보면 이렇다.

타인의 시선, 온전한 나, 용기, 포기하지 않음

이 키워드들을 합치면 '타인의 시선에서 자유로운 온전한 나' 그리고 '소비단식을 지속하고 포기하지 않을 용기'가 된다.

나의 소비단식은 '타인의 시선으로부터 자유롭기 위한 노력'이라 표현해도 과언이 아니다. 있어 보이고 싶은 이상과 욕망이 카드값 500만 원을 만들었다. 그런 나를 직면하고 인정하고 나서야 빚, 카드값, 나쁜 소비습관에 대한 실마리도 풀리기 시작했다.

좋은 소비습관들이 몸에 더 자리잡도록 앞으로도 나를 제대로 바라보고 나아갈 것이다. 그리고 늘 그랬듯, 넘어져도 다시 일어나 시작할 것이다. 소비단식이 더이상 필요하지 않을 그날, 내가 어떤 글을 쓰게 될지 상상하는 것만으로도 마음이 벅차오른다. 자유롭고 온전한 나를 만날 미래를 그린다.

참고자료

+1 Müller, A., Brand, M., Claes, L., Demetrovics, Z., De Zwaan, M., Fernández-Aranda, F., ... & Kyrios, M. (2019). Buying-shopping disorder—is there enough evidence to support its inclusion in ICD-11?. CNS spectrums, 24(4), 374-379.

+2 Bronson, M. (2000). Self-regulation in early childhood: Nature and nurture. Guilford Press.

+3 Schmeichel, B. J., Volokhov, R. N., & Demaree, H. A. (2008). Working memory capacity and the self-regulation of emotional expression and experience. Journal of personality and social psychology, 95

+4 Carty, V. (2002). Technology and counter-hegemonic movements: The case of Nike Corporation. Social Movement Studies, 1(2), 129-146

+5 Psychology Science, 2016년 1월호

- 애나 뉴얼 존스 지음, 이주영 옮김 『나는 빚을 다 갚았다』 (한국경제신문, 2016)
- 라이언 홀리데이 지음, 이경식 옮김 『에고라는 적』 (흐름출판, 2017)
- 엘렌 러펠 셸 지음, 김후 옮김 『일자리의 미래』 (예문아카이브, 2019)
- 모건 하우절 지음, 이지연 옮김 『돈의 심리학』 (인플루엔셜, 2021)

Editor's letter

제9회 브런치북 대상 수상작입니다. 자기만의 방은 이번에 처음으로 참여했어요. 몇천 편의 원고 중 저희가 뽑은 단 하나의 원고랍니다. 모두가 소비를 이야기하는 세상에서 '소비를 단식했다'는 이야기가 반짝반짝 빛났어요. 이 책에는 소비단식이라는 어려운 도전을 끝까지 포기하지 않은 작가님의 생생한 기록이 고스란히 담겨 있습니다. 그 여정을 따라가는 내내 많이 웃고 울었어요. 그러고 나니 제 마음도 단식이라도 한 것처럼 한결 가벼워진 것 같아요. **현**

스트레스를 받으면 물건을 사곤 했습니다. 그게 저를 '대접'하는 일이라 생각했던 것 같아요. 그런데 책에서 "소비는 내가 이룰 수 있는 가장 쉬운 성취"라는 문장을 읽고는 뼈를 제대로 맞았지 뭐예요. 아, 어쩌면 저도 그랬던 게 아닐까요. 쉽고 빠르게 무언가 얻어낼 수 있다는 사실에 중독됐던 것 같아요. 혹 잦은 지름신과 소비폭식으로 괴로워하고 있는 주민님이 있다면, 소비단식을 해보는 건 어떨까요? 조금씩, 디톡스가 될 거예요! **령**

소비단식 일기

1판 1쇄 발행일 2022년 7월 26일
1판 5쇄 발행일 2024년 7월 15일

지은이 서박하
발행인 김학원
발행처 (주)휴머니스트출판그룹
출판등록 제313-2007-000007호(2007년 1월 5일)
주소 (03991) 서울시 마포구 동교로23길 76(연남동)
전화 02-335-4422 **팩스** 02-334-3427
저자 · 독자 서비스 humanist@humanistbooks.com
홈페이지 www.humanistbooks.com
시리즈 홈페이지 blog.naver.com/jabang2017
디자인 스튜디오 고민 **교정** 시소교정실 **용지** 무림페이퍼 **인쇄** 삼조인쇄 **제본** 해피문화사

자기만의 방은 (주)휴머니스트출판그룹의 지식실용 브랜드입니다.

ISBN 979-11-6080-854-4 03810

• 본 도서는 카카오임팩트의 출간 지원금과 무림페이퍼의 종이 후원을 받아 만들어졌습니다.